FÉRIAS, AMOR E CHOCOLATE QUENTE

OUTRAS OBRAS DA AUTORA
PUBLICADAS PELA VERUS EDITORA:

As MAIS

As MAIS 2: eu me mordo de ciúmes

As MAIS 3: andando nas nuvens

As MAIS 4: toda forma de amor

As MAIS 5: sorte no jogo, sorte no amor

A consultora teen

Confusões de um garoto

PATRÍCIA BARBOZA

FÉRIAS, AMOR E CHOCOLATE QUENTE

1ª edição

Rio de Janeiro-RJ / Campinas-SP, 2017

VERUS
EDITORA

Editora: Raïssa Castro
Coordenadora editorial: Ana Paula Gomes
Copidesque: Lígia Alves
Revisão: Cleide Salme
Capa e projeto gráfico: André S. Tavares da Silva
Imagens da capa: Shutterstock

ISBN: 978-85-7686-587-2

Copyright © Verus Editora, 2017

Direitos mundiais em língua portuguesa reservados por Verus Editora. Nenhuma parte desta obra pode ser reproduzida ou transmitida por qualquer forma e/ou quaisquer meios (eletrônico ou mecânico, incluindo fotocópia e gravação) ou arquivada em qualquer sistema ou banco de dados sem permissão escrita da editora.

Verus Editora Ltda.
Rua Benedicto Aristides Ribeiro, 41, Jd. Santa Genebra II, Campinas/SP, 13084-753
Fone/Fax: (19) 3249-0001 | www.veruseditora.com.br

Fonte da letra de música à p. 93:
<https://www.vagalume.com.br/o-rappa/pescador-de-ilusoes.html>. Acesso em: 6/3/2017.

Fonte da letra de música às p. 150-51:
<https://www.letras.mus.br/araketu/44181>. Acesso em: 6/3/2017.

CIP-BRASIL. CATALOGAÇÃO NA FONTE
SINDICATO NACIONAL DOS EDITORES DE LIVROS, RJ

B214f

Barboza, Patrícia, 1971-
  Férias, amor e chocolate quente / Patrícia Barboza. -- 1. ed. -- Campinas, SP : Verus, 2017.
  21 cm.

  ISBN 978-85-7686-587-2

  1. Ficção infantojuvenil brasileira. I. Título.

17-39973
CDD: 028.5
CDU: 087.5

Revisado conforme o novo acordo ortográfico

PRÓLOGO

27 de julho. Meu aniversário de catorze anos. Essa é a primeira vez na vida que passo o meu aniversário longe de casa, dos meus pais e da tradicional torta de chocolate com brigadeiro da minha mãe.

Outra especialidade dela é checar a previsão dos signos. Não sei se acredito muito nessas coisas, mas, de tanto ela falar, acabei aprendendo que eu sou de leão. Uma das características de um bom leonino é que nós tomamos a iniciativa. Um poder de liderança nato. Ãhã. Sei. Esse poder aí foi contrariado no exato momento em que entrei aqui neste acampamento por *livre e espontânea pressão* dos meus pais. Não tomei a iniciativa de nada no meu próprio aniversário. Sou a parte vergonhosa do signo, pelo visto. Melhor nem falar por aí que eu sou de leão, para não passar vergonha.

Finalmente encontrei uma vantagem em não poder usar o celular por aqui. Estou livre de responder aos recados repetitivos de felicidades, amor, paz e sucesso. Como as pessoas não têm criatividade! E, claro, a pergunta que fatalmente surgiria: "Qual é a boa de hoje, Adolfo?" E eu responderia: "A boa de hoje é dividir um quarto de alojamento com mais cinco caras. E um deles ronca alto pra caramba!"

Enquanto andava pelo calçamento de pedrinhas que leva à diretoria do acampamento, lembrei da minha última consulta no dentista. Ok, uma coisa não tem nada a ver com a outra, mas vai entender o nosso cérebro. Na verdade eu não lembrei da consulta em si, mas daquela cesta cheia de revistas de fofocas antigas que fica na sala de espera. Sempre tem a previsão dos signos nessas revistas. Outra coisa que elas sempre têm: testes. "Você se lembra do seu primeiro amor da adolescência?" Não, não lembro, cara revista de consultório. Pelo simples fato de que ele nunca existiu. Tenho a maior preguiça daqueles filmes românticos e melosos! Sabe aquela cena em que um olha para o outro e os dois já estão apaixonados sem trocar uma palavra sequer? E o cupido? Caraaaca, maluco! Que piada. Um carinha usando fralda que fica atirando flechas nos outros. Acho que, se o meu cupido um dia apareceu, eu o confundi com o mosquito da dengue e o matei esmagado em alguma parede.

Não é que eu tenha dificuldade para conhecer garotas. Namorada mesmo, que a gente muda o status de relacionamento nas redes sociais, eu nunca tive. Confesso que o meu tipo físico até que é comum, um pouco mais sarado por causa dos exercícios. Eu consigo fazer sucesso com as meninas. Juro que não estou sendo metido nem nada. Eu fiquei com três garotas no último ano, mas cheguei à conclusão de que apaixonado mesmo eu nunca fui. Por nenhuma delas.

Eu fico empolgado no início. Acho divertida a parte da conquista, a troca de olhares, as mensagens no celular. Depois de um tempo, tudo começa a ficar monótono e a rotina começa a me incomodar. Quando você é adolescente, com mesada curta e hora para voltar para casa, acaba indo nos mesmos lugares e fazendo os mesmos passeios. Ah, e elas praticamente exigem te ver todo fim de semana. Por quê? Namorar significa reservar eternamente todos os sábados e domingos? Bate um cansaço, um desânimo... E aí... o inevitável acontece: o suposto namoro acaba.

Tá, tudo bem. Eu confesso. Eu até queria me apaixonar. Alguns amigos meus estão namorando, e eles parecem bem animados com isso. Bateu uma curiosidade para saber que sensação é essa que deixa todo mundo com aquele sorrisinho besta na cara.

Quando passei pela porta da direção do acampamento, tentei espantar esses pensamentos românticos idiotas. Fui avisado pelo monitor de um tal presentinho para todos os aniversariantes: uma mochila exclusiva com camiseta, boné, cantil, caneca e outras bugigangas. Decidi buscar antes de ir para o café da manhã. Incorporei o Adolfo educadinho, cumprimentei a recepcionista, agradeci o presente e forcei um sorriso. Respirei fundo para enfrentar o "feliz aniversário!" dos caras do alojamento e coloquei a mochila nas costas. Quando me virei para sair, *ela* entrou. Eu quase a atropelei, para falar a verdade. A minha virada para a porta foi um tanto brusca, então ela teve que desviar para a gente não se chocar. Apesar do quase atropelamento, ela olhou para mim e sorriu.

Fazia calor na recepção, e um ventilador preso na parede soprava em vaivém. Esse ventinho foi em direção à porta justamente no momento em que ela entrou. O cabelo dela estava molhado, e o cheiro bom do seu xampu se espalhou pelo ambiente.

— Bom dia! — ela cumprimentou a recepcionista com um sorriso enorme nos lábios, maior ainda do que aquele que ela havia me dado. — O meu nome é Fabiana Araújo. Eu faço aniversário hoje. Vim buscar o meu presente!

Aí, o cupido do "amor à primeira vista", a criatura que eu poderia jurar que havia assassinado com um tapa, veio me flechar bem no meio do peito, quase que como uma vingança. "Você ousou acreditar que acabaria comigo me esmagando entre a palma das mãos?", pude ouvir o seu tom sarcástico ecoando em minha cabeça. E uma frase em inglês que a galera compartilha na internet piscou em neon na frente dos meus olhos. "Protect me from what I want." Me proteja daquilo que eu quero. Era ele. O tal amor à primeira vista. E ela faz aniversário no mesmo dia que eu.

25 DE JULHO
DIA 1
FABI

Já era a terceira vez que eu checava o conteúdo da mala. Fiz até uma lista das coisas no caderno e risquei com canetas de cores diferentes a cada conferida. Acordei mais cedo só para fazer isso antes de ir para a rodoviária. Bom, acordar cedo é modo de dizer. Eu abria os olhos a cada hora, com medo de perder o ônibus. Levantei bem antes do despertador. Ahhhh! Eu nem acreditava que esse dia tinha chegado! A minha felicidade era tanta que eu não estava cabendo em mim.

Peguei a carta do Kairós Fun & Learning Eco Resort pela trigésima vez (percebeu que eu tô fazendo tudo de forma repetitiva, né?) e passei os dedos pela logomarca em alto-relevo no papel timbrado: uma ampulheta com asas. Ganhar a terceira temporada de férias de inverno no acampamento mais legal do Brasil foi uma das maiores sortes da minha vida! Eu sempre quis ir para lá, mas o preço era muito acima do que a minha mãe podia pagar. Uma vez ela até pegou informações, trouxe o panfleto, viu as opções de parcelamento. Depois, com uma carinha muito triste, disse que não podia me dar aquele presente. Eu já tinha me conformado até que a grande chance surgiu.

O Kairós fez uma espécie de convênio com o meu curso de inglês, e todos os alunos preencheram um cupom para participar de um sorteio. Eles fizeram essa promoção pelo aniversário de trinta anos do acampamento. Quando depositei o cupom na urna, o meu coração acelerou tanto que me deu falta de ar. Juro que não estou sendo exagerada (embora eu sempre seja um pouquinho). Eu queria muito ir! Desde que uma amiga do colégio foi para lá, há dois anos, eu fiquei louca para fazer parte de tudo aquilo. Fiquei com muita inveja da Marília!

O Kairós é uma espécie de hotel fazenda enorme que fica em Vargem Grande, um bairro do Rio de Janeiro. É um paraíso ecológico em plena cidade. Já vi tantas fotos desse lugar que parece que eu já estive lá pessoalmente. São três grandes casas: a da administração central, onde ficam o refeitório, o salão de jogos e o salão de festas; a do alojamento feminino e a do alojamento masculino. Piscinas, quadras, espaço para pedalar, tirolesa, lago com pedalinho e um montão de coisas para fazer. O mês de julho é dividido em três temporadas: kids, infantojuvenil e juvenil. Como eu faço aniversário no meio das férias, essa seria a minha última chance de participar da temporada de inverno, já que a juvenil é com adolescentes de treze e catorze anos. Os mais velhos só são aceitos na temporada de verão.

Primeiro eles mandaram um e-mail informando que eu tinha sido sorteada. A minha cara de espanto olhando para a tela do computador deve ter sido hilária. Pena que não filmei esse momento. Hahaha! Iria bombar na internet, com certeza viraria meme! Uns dias depois mandaram uma carta com um monte de formulários que a minha mãe teria que preencher e assinar. Seis dias no Kairós! E eu pretendia aproveitar cada minutinho. O meu celular tocou. Era a Thaís na videochamada.

— Oieeee! — Ela não parava de acenar e fazer gestos doidos.

— Fiz questão de falar com você em vídeo em vez de mandar mensagem. Vou ficar quase uma semana inteira sem conversar com essa mocinha fujona. Não sei como você vai aguentar esse tempo todo sem celular.

— Thaís, amigaaaa!! — Acabei imitando os gestos doidos dela. — Daqui a meia hora eu vou pra rodoviária e adeus, mundo! Olha, eu nem tô tão chateada assim de ficar sem celular. Esqueceu que no início do ano eu perdi o meu? Que a minha mãe me deixou de castigo por três longos meses? Foi um bom treino.

— Claro que eu lembro. Aquele castigo doeu até em mim! Eu só vou te perdoar por não poder falar com você no dia do seu aniversário porque há anos eu te ouço falar desse acampamento. Sem contar que você ia vir passar uns dias na minha casa e adiou pra setembro. Eu vou te cobrar, viu? Ah! Recebeu o meu presente, né?

— Recebi! Recebi pelo correio. Desculpa não ter te avisado. Tô numa correria! — Levantei o nécessaire para que ela visse. — Nunca fiquei tão feliz ganhando calcinhas de presente! Eu até tirei as minhas da mala. As que você mandou são muito mais bonitas do que as que eu costumo usar. Arrasou na escolha!

— Hahahaha! Lembra que eu só usava calcinha cafona? Agora eu aprendi a comprar as mais bonitas. Sem esquecer o conforto, claro. Duas pra cada dia de acampamento. Eu preferi pecar pelo excesso. Nunca vi um troço tão maluco. Lá vocês não podem lavar roupa? Tô achando esse negócio meio sujinho, hein?

— Ela fez cara de deboche. — Aqui em casa você ia andar limpinha e cheirosa. Quero nem imaginar o cheirinho azedo dessa mala no último dia.

— Quer largar de ser implicante? — Mandei uma careta e ela devolveu. — Não é que não possa lavar roupa, dona Thaís... Mas imagina o tumulto. Uma multidão de adolescentes ocupando a lavanderia, reclamando de roupas perdidas ou manchadas? Por isso eles recomendaram que a gente leve pelo menos duas trocas de roupa pra cada dia e um monte de saco plástico pra separar a roupa suja da limpa. Pediram também pra levar roupas mais velhas, pra não ficarmos com pena de sujar nas atividades ao ar livre, esportes, trilhas... No meu caso não teve jeito: precisei comprar umas camisetas, shorts e outras coisinhas. As minhas roupas velhas estavam gastas demais. Eu quero estar confortável, mas bonitinha, né? Com certeza vai ter uns garotos interessantes por lá e eu não quero estar toda desleixada.

— Não creio que vou ter que esperar esses dias todos pra saber das fofocas! Eu vou ter que segurar a ansiedade. Se eu engordar de tanto comer chocolate, a culpa vai ser sua! — Caímos na risada.

— Comer chocolate é coisa boa! Não reclama! — Dei uma olhada em volta. — Thaís, desculpa. Eu tenho que...

— Claro, claro... Relaxa! Eu não quero te atrasar. Liguei mesmo pra me despedir, dar feliz aniversário adiantado e desejar boa sorte. Que seja muito divertido, Fabi!

— Eu vou me divertir, pode acreditar! Obrigada por ter ligado. Eu vou morrer de saudade.

— Vai nada! — Ela fez bico, se fingindo de contrariada. — Vai arrumar um montão de amiga nova.

— Nenhuma vai te substituir, sua bobona carente e ciumenta! Agora eu preciso de uma vez por todas fechar essa mala e acabar de me trocar. Tchau, sua linda!

— Tchau, Fabi! Aproveita muuuito!

Ela se desconectou e eu aproveitei para desligar o aparelho. Uma das várias regras do Kairós era a proibição do celular. Se alguém insistisse em usar, teria o aparelho confiscado, e ele seria devolvido aos pais no dia da saída. Dei um beijinho de despedida no meu e o coloquei na gaveta do armário. Aproveitei para pegar a camiseta meia manga, o jeans e os tênis que eu tinha separado para a viagem. Apesar de ser inverno, não estava muito frio e talvez eu só precisasse de casaco à noite.

A Thaís foi uma fofa, né? Nós somos amigas desde os cinco anos. Há sete meses ela mudou para o Rio de Janeiro, mas a distância física não nos separou. Eu aqui em Volta Redonda, como sempre, e a Thaís lá. Ela falou que o Kairós fica longe do bairro dela, mas que ia fazer de tudo para estar na saída e me dar um beijo. Tomara que ela consiga!

— Mãezinha, já estou pronta. — Dei uma voltinha na frente dela, aguardando a aprovação do figurino. — Pode chamar o táxi pelo seu celular. O meu eu já guardei bem guardadinho no armário. Deus me livre perder outro.

— Você está linda, pra variar. Vou ficar com saudade da minha filhota... — Ela me abraçou bem forte. — Nunca passei o seu aniversário longe de você, Fabi. De vez em quando a gente briga, eu sei que eu cobro muito, mas tudo isso é amor. Você sabe, né? Mas prometo que vou segurar o chororô e te mimar bastante quando você voltar.

— Eu vou gostar de ser mimada! — Brinquei e fiz cosquinhas nela. — Se você fizer aquela lasanha aos quatro queijos, vai ser um ótimo jeito de me mimar.

— Tudo bem, você vai ter a sua lasanha. — Ela fingiu que estava brava. — Agora deixa eu chamar logo esse táxi.

Chegamos à rodoviária quinze minutos antes do horário combinado e ficamos do lado de fora, perto da entrada principal. Era só um ponto de encontro, já que se tratava de uma viagem particular. Vários outros acampantes de bairros vizinhos já estariam no ônibus. Eu seria a última a entrar durante o trajeto para o Kairós. O meu coração pulou quando o ônibus roxo com a logomarca do acampamento estacionou. Um monitor muito sorridente desceu, cumprimentou a minha mãe e guardou a mala no bagageiro.

— Fabiana Araújo! — ele falou, empolgado. — Eu sou o Arnaldo e vou ser o monitor da viagem. Todo mundo vai usar um crachá pra facilitar as coisas. Como você quer ser chamada?

— Pode colocar Fabi.

— Ótimo, então, Fabi! — Ele pegou uma caneta preta de ponta grossa, escreveu o meu apelido no crachá e eu o pendurei no pescoço. Arnaldo apontou para a porta do ônibus. — Vamos nessa?

Dei um abraço bem forte na minha mãe e segurei as lágrimas. Respirei fundo, subi a escadinha e dei um último aceno para ela através da janela.

— Pessoal, essa aqui é a Fabi, a última acampante deste grupo — ele falou, bem alto, assim que entramos. — Agora nós vamos seguir direto para o Kairós. São umas duas horas e meia de viagem. Fabi, escolha o seu lugar, coloque o cinto e qualquer coisa é só me chamar. Combinado?

Enquanto eu andava entre as fileiras de poltronas, Arnaldo deu algumas instruções.

— Acampantes Kairós! Lembrando que no fundão tem banheiro pra gente não precisar fazer paradas e ganhar tempo na viagem. Além disso, tem uma geladeira com água e suco de laranja e de uva. Podem pegar à vontade. Se bater aquela fome, tem biscoito de polvilho e maçã. Eu vou colocar um DVD de clipes pra gente assistir. Os estilos das músicas são variados, assim todo mundo fica satisfeito.

Eram umas vinte pessoas no ônibus e todo mundo parecia bem feliz. Praticamente todas elas sorriram para mim. Escolhi um lugar ao lado de uma menina com grandes olhos castanhos que usava uma camiseta do Dinho Motta. Que bom gosto! O meu cantor favorito!

— Oi, Laura! — Li o nome no crachá. — Eu também sou fã do Dinho.

— Então já vi que vamos nos dar muito bem! — Ela bateu palmas.

— Eu fui a um show dele este ano. — Suspirei. — Ele é demais!

— Eu também fui! — Ela imitou o meu suspiro. — Falei sobre isso em casa durante uma semana! Os meus pais já não aguentavam mais.

Conversamos bastante e nos demos bem logo de cara. Mas eu aproveitei para conversar com o restante do pessoal que estava perto também. Claro que não deu para conhecer profundamente todo mundo, mas tive uma boa noção. A galera estava empolgada com as férias.

Chegamos por volta de meio-dia e meia. No pequeno trecho que o ônibus percorreu do portão principal até a frente da casa da administração, vi várias espécies de árvores. Tudo muito bem cuidado, com placas informativas. O ônibus estacionou, nós desembarcamos e pegamos nossa bagagem. Vários outros ônibus estavam parados por ali, além de carros particulares. Muitos acampantes foram com os pais, e o pátio estava repleto de gente.

Aos poucos, cada nome foi sendo chamado pelo alto-falante para ir se encontrar com o monitor do alojamento correspondente. Havia um monitor responsável pela ala masculina e outro pela ala feminina. No quarto, cada um com seis pessoas, também tinha um monitor responsável. Por sorte a Laura ficou no meu.

— Boa tarde, meninas! O meu nome é Jéssica e eu sou a monitora-chefe do quarto 3. Vou ser a responsável por vocês pelos próximos seis dias. Vou me revezar com a estagiária Rebeca. Qualquer coisa que precisarem, basta nos procurar. Vamos guardar a bagagem antes de ir pro refeitório? Aposto que vocês estão com fome.

Andamos por um calçamento todo coberto de pedrinhas. Reparei que em volta da casa principal todos os caminhos eram assim. O alojamento feminino ficava logo atrás do parque aquático, que tinha três piscinas e um toboágua. Em volta, muitas cadeiras, mesinhas com guarda-sol, espreguiçadeiras, além de uma cantina para pegar bebidas.

Quando entramos no quarto, confesso que respirei aliviada. Era grande o suficiente para seis camas separadas. Sempre tive medo de dormir em beliche e cair de lá de cima. Já tinha ensaiado mentalmente negociar a cama de baixo com algumas das acampantes, mas não foi necessário. Ufa! O banheiro era bem grande, com três compartimentos separados de sanitários e chuveiros, além de pias individuais.

Escolhemos nossa cama, guardamos a bagagem e seguimos para o almoço. Aproveitei a caminhada para conhecer melhor as minhas outras quatro companheiras, além da Laura.

Mariana: morena, cabelo curto na altura do ombro. Era baixinha e usava óculos de armação azul. Adorava séries de investigação no estilo *CSI*.

Joyce: também morena, mas com cabelo bem comprido e ondulado. Não via a hora de acontecer a primeira festa para dançar até se acabar.

Carol: negra, cabelo cacheado e um dos sorrisos mais lindos que eu já tinha visto. Estava doida para praticar arvorismo. Eu tinha arrumado uma parceira. Também nunca havia praticado! A vida é cheia de contradições: eu não queria dormir na cama de cima do beliche, mas queria andar naquela espécie de ponte a três metros de altura.

Akemi: descendente de japoneses que, segundo ela mesma, contrariava a sua cultura e não gostava de sushi. "Peixe cru? Deus me livre!", ela falou, fazendo uma careta que provocou risadas nas meninas. Há dois anos, resolvera se tornar a primeira vegetariana da família. Adorava andar de bicicleta.

Assim que entramos no refeitório, o cheirinho fez o meu estômago roncar. Ainda bem que o falatório estava alto, então ninguém ouviu. A comida era servida no estilo self service. De cara tinha um grande bufê de saladas, o que deixou a Akemi extremamente feliz. Em seguida, a bancada com os pratos quentes. O meu lado guloso me mandou direto para essa parte. Tinha uma macarronada à bolonhesa que praticamente me seduziu. Eu sou louca por massa e até fiquei com vergonha do pratão enorme que montei. Logo depois tinha a mesa das sobremesas: pudim de leite e frutas variadas.

As mesas eram grandes, e meio que naturalmente as pessoas se sentaram com os seus companheiros de quarto. Talvez pela afinidade inicial, uma referência para conversar. Mas isso, claro, acabou formando mesas só de garotos e outras só de garotas.

— É só o primeiro dia! Depois as mesas vão ficar mistas... — A estagiária Rebeca olhou para mim e piscou de maneira divertida. Até me assustou. Parecia que ela estava lendo o meu pensamento. — Contem com a minha experiência de cinco anos de Kairós.

— Cinco anos? Você já trabalha aqui esse tempo todo? Mas você é nova e é estagiária ainda... — A Akemi fez uma expressão intrigada enquanto se deliciava com um pedaço de brócolis mergulhado em um molho que não consegui identificar.

— Eu faço faculdade de pedagogia, e é a segunda vez que sou estagiária aqui. Quero muito ser monitora oficial um dia. A minha experiência vem de quando eu ainda era acampante. Eu frequento o Kairós desde os quinze anos.

— Uaaau! — A Laura se empolgou. — Que sortuda você é!

— Errrr... P-p-peraí, g-gente! — A Carol olhava, espantada, para a entrada do salão. — Sortudas somos nós! Eu não acredito no que os meus olhinhos estão vendo.

Automaticamente, olhamos para a direção do que provocou a empolgação na menina. E, como num surto, a gagueira dela passou para todas nós.

— M-m-meu Deeeus! — A Mariana ajeitou os óculos. — É o Kaio Byte. Com toda a sua loirice, o cabelo deslizando na testa e as covinhas.

— Owwwwnnnnn! — gememos, num coro que parecia ensaiado. Isso despertou a atenção das outras mesas, e mais gemidos ecoaram pelo refeitório. Alheio a todos os olhares apaixonados, o Kaio tirou os óculos escuros, como numa cena de filme, pendurou na camiseta e se dirigiu para o bufê.

— Meninas... — a Rebeca cochichou, com ar divertido. — Ele é bem gatinho mesmo, mas... quem é? De onde vocês conhecem?

— Ele é um youtuber famosérrimo! — A Joyce pegou um guardanapo e começou a se abanar. — Ele tem um canal de games, Minecraft e outras coisas de tecnologia.

— Ahhh! — A Rebeca assentiu, numa expressão engraçada.
— Entendi. Por isso o "Byte" no nome artístico. Vocês gostam de games, pelo visto.
— Eu curto bastante! — A Akemi deu um sorrisão. — O meu irmão é muito fã dele e eu acabo assistindo por causa disso. O Kaio é aquele tipo de pessoa que agrada todo mundo, sabe? Os garotos o admiram porque ele entende muito. E as garotas o acham fofo.
— Rebeca, eu vou mandar a real pra você... — a Joyce falou, de um jeito tão engraçado que caímos na risada. — Eu não entendo nada de games. Só assisto porque acho ele muito lindo.
— Eu tenho a mesma confissão pra fazer... — Foi a minha vez. — Não entendo absolutamente nada do que ele fala, mas acho lindo.
— Vocês são muito engraçadas! — A Rebeca não conseguia parar de rir. — Eu acho que fui premiada por cair na monitoria de vocês. Acho que os nossos dias vão ser muito divertidos. Eu vou pegar um pedaço daquele pudim de leite. Quem me acompanha?

Tentamos acompanhar disfarçadamente o que o Kaio estava fazendo. A tentativa foi em vão, porque o refeitório inteiro fazia a mesma coisa. Ele se sentou em uma das mesas só com garotos e cumprimentou todos com a mesma simpatia dos vídeos.

O horário do almoço já estava quase no fim quando fomos surpreendidos por um trovão forte, seguido de uma chuva intensa. Algumas atividades ao ar livre estavam programadas, então ouvimos instruções pelo alto-falante.

"Queridos acampantes Kairós! Por causa desse inverno instável aqui do Rio, as atividades externas foram canceladas, pelo menos até amanhã. Mas não fiquem tristes. Nós temos muitas coisas pra fazer aqui mesmo na casa central. Para recepcionar os acampantes da terceira temporada, à noite, depois do jantar, vamos ter uma festa temática sobre o Michael Jackson. A sala de artes vai estar aberta, e a monitora Débora vai ter imenso prazer em ajudá-los a fazer os adereços para a festa. O salão de jogos também está disponível, assim como a biblioteca e o cineclube. Divirtam-se!"

Assim que o anúncio terminou, muita gente se levantou para ir procurar a sua atividade. Ficamos de olho para saber o que o Kaio faria. Para nossa decepção, ele terminou de almoçar e foi para o alojamento masculino. Fofoca vai, fofoca vem, a Rebeca depois nos contou que ele tinha viajado muitas horas, pois estava participando de um evento no interior de São Paulo. Disse que ele ia descansar para estar bem-disposto para a noite temática.

Com exceção da Laura e da Akemi, que preferiram ficar no cineclube, o restante das garotas quis ir para a sala de artes e eu fui com elas. Michael Jackson usava chapéu, luvas, meias e roupas com muito brilho e lantejoulas. A gente queria preparar coisas bem legais para usar na festa.

Aquela temporada prometia! Era só o começo...

25 DE JULHO
DIA 1
ADOLFO

O trânsito perto de Vargem Grande estava intenso.
— Apesar do engarrafamento, o aplicativo está dizendo que em menos de vinte minutos nós vamos estar no Kairós, meninos! — minha mãe falou, empolgada.

Apenas respirei fundo em resposta. O interessante disso tudo é que o meu pai geralmente fica estressado com o trânsito, mas ele parecia anestesiado. Tamborilava alegremente os dedos no volante ao ritmo da música que tocava no rádio. Ao lado dele, minha mãe acompanhava o aplicativo no celular e comentava sobre as orientações. Comigo no banco de trás, meu primo Iuri estava na dele, com fones de ouvido, balançando a cabeça e cantando baixinho. E eu, entediado, refém sem resgate dessas férias frustradas no acampamento.

Uns dias antes, quando meus pais disseram que eu iria ficar quase uma semana confinado naquele lugar, eu me desesperei. Lembrei que o Iuri já tinha passado férias lá e que tinha ficado praticamente isolado do mundo. Entrei no site para confirmar as minhas suspeitas e surtei depois de ler todas as regras. Parecia uma prisão de luxo disfarçada com fotos de adolescentes felizes. Chamei meus pais no meu quarto para tentar uma última conversa, quem sabe convencê-los de que aquilo era uma tremenda maluquice. Olhei para minha mãe e apelei fazendo a típica cara de coitado, já que ela é a mais emotiva. Mas, ao contrário do que eu tinha previsto, ela não cedeu. Sua única reação foi sorrir para mim.

— Vai ser ótimo pra você, Adolfo. — Ela trocou um olhar cúmplice com meu pai e acariciou o braço dele. — O primeiro semestre foi tão tumultuado pra você. O Kairós é um lugar incrível. Você vai sair de lá renovado para terminar o ano letivo.

— Eu vi que nem pode levar celular! Por que isso?

— Existem celulares que são mais caros que um notebook.

— Minha mãe fez uma expressão de desgosto. — Para não ter problemas com perdas e prejuízos, eu acho essa proibição ótima. Além do mais, é um lugar para ser aproveitado ao máximo, e não para perder tempo com chats e redes sociais. Quer ver um exemplo? Quando vocês saem para ir ao shopping comer um simples hambúrguer, tiram um monte de fotos. As pessoas gastam mais tempo tentando parecer felizes na internet, querendo ganhar curtidas, do que realmente aproveitando e conversando com os amigos. Eu fico passada com isso. Uma mesa cheia de adolescentes e cada um com a cabeça curvada, teclando no celular, em vez de conversar uns com os outros.

— Um lugar que não tem internet, no meio do mato, e ainda por cima que me obriga a dividir um quarto com mais cinco caras? — Eu sentia meus olhos fuzilarem.

Mais uma vez, eu tentava ignorar o discurso da minha mãe sobre como a tecnologia afasta os jovens do convívio social. Sempre que aparecia uma oportunidade, ela vinha com a mesma história.

— Vocês só podem estar brincando comigo — continuei a choramingar. — Eu já pedi desculpas pelas coisas que fiz. Eu estudei, melhorei as minhas notas, só saio de casa pra treinar basquete... Por que o castigo?

— Ir para um eco resort cheio de coisas legais pra fazer significa "castigo" no seu dicionário? — Meu pai deu uma gargalhada bem alta. — Realmente você precisa de um tempo para espairecer. Vai ser ótimo pra reformular os seus conceitos.

— Mas, pai! Eu...

— E não... não adianta argumentar. Nós não vamos mudar de ideia. — Em segundos, sua expressão ficou séria. — Já está decidido. E, principalmente, muito bem pago. Ah, e tem outra coisa, Adolfo... Eu não quero receber *um* telefonema do Kairós com reclamações sobre o seu comportamento. Se você desrespeitar o regulamento, vai ser mandado de volta pra casa e eu não vou ter direito a reembolso. Se eu for chamado para te buscar antes do prazo, vou descontar da sua mesada até o último centavo, e isso pode levar meses. Estamos entendidos?

Nesse dia, eles saíram do meu quarto e me deixaram lá, plantado, com cara de idiota. Caraca, maluco. Eu não mereço! A única coisa de que eu gostei é que as atividades de férias não são obrigatórias, são *sugeridas*. Ótimo! Minha sugestão: não vou participar de nada. Com esse inverno que não existe no Rio, vou ficar o tempo todo na piscina. Quando consultei o site do Kairós para ver o que eles ofereciam, sabe qual é uma das maravilhosas atividades? Escorregador na lama. Que piada! Eu que não vou ficar escorregando minha bunda nesse tal de tobolama. Toboágua ainda vai, né? Gargalhei com as fotos. O povo lá todo sorridente, curtindo ficar sujo de lama da cabeça aos pés. Ah, faça-me o favor! Bando de loucos.

O primeiro semestre foi realmente... como eu posso dizer... intenso. Pesado mesmo. Não tenho medo de parecer exagerado no meu comentário, mas agora eu estou exemplar. O mais puro modelo do bom comportamento. E no início do ano não foi bem assim...

Comecei a fumar nas férias de verão. Eu não queria bancar o bobão imaturo na frente dos amigos mais velhos que fiz na praia e aceitei cigarros deles. No início eu não curtia. Tossia, ficava com um gosto ruim na boca, mas acabei me viciando. E, claro, isso refletiu muito mal no meu desempenho no basquete. Fora que eu tomei uma baita bronca dos meus pais quando eles descobriram que eu estava fumando escondido. Nossa, ouvi um monte!

Além disso, fui desprezado por uma garota de quem eu estava a fim e quis dar um tempo das ficadas. Ela me deu um empurrão, fez cara de nojo e disse que o meu bafo de cigarro era horrível. Então, o meu único relacionamento dos últimos meses tem sido com os livros escolares e com o basquete!

Brigas? Vixe, foram várias! Eu adorava zoar com a cara de todo mundo. O auge da confusão foi quando eu troquei socos com um dos meus melhores amigos no meio do pátio do colégio. Foi aí que eu vi que o meu descontrole estava grande. Fiquei de castigo. Na boa? Merecido.

Eu não conseguia enxergar que o motivo desse comportamento era a doença do meu avô. Eu queria culpar o mundo.

Sempre fui muito ligado no velho. Adorava ouvir as suas histórias! A gente ficava horas jogando cartas, ele me ensinou um bocado de coisas. Foi muito triste vê-lo fraco, sem fôlego e sem vontade de comer por causa da quimioterapia. Foram meses horríveis, idas e vindas do hospital. Há duas semanas ele se foi para sempre, e a saudade é pesada demais para aguentar.

O trânsito começou a fluir, e eu olhei para o Iuri. Ele continuava no seu mundo particular, ouvindo música. Eu sou um ano mais velho, mas a diferença de idade parece muito maior. Ele é mais baixo, magro e tem cara de criança. Eu sou bem mais alto e forte por causa dos exercícios físicos. Nunca tive muita ligação com o Iuri, mesmo sendo da família. Nós estudamos no mesmo colégio, mas ele está uma série abaixo e tem a turma de amigos dele. Meu pai pediu para ficarmos no mesmo quarto do alojamento quando fez a minha inscrição. Mesmo não sendo tão amigos assim, até que vai ser bom ver um rosto conhecido por lá.

Quando chegamos ao Kairós, o pátio principal estava lotado. Meu pai mal conseguiu estacionar, apesar de o lugar ser enorme. Tiramos a bagagem do porta-malas, e o Iuri entregou para a minha mãe o iPhone que ele usou durante todo o trajeto.

— Tchau, tio Bernardo! Tchau, tia Sara! — Deu um beijo e um abraço em cada um.

— Divirta-se, querido! Eu vou cuidar do seu amado celular até você voltar. E cuide do seu primo.

— Pode deixar... — Ele sorriu meio torto. Claro que foi obrigado a fazer aquela promessa por pura educação.

— Aproveite bastante, meu filho! — Meu pai segurou meus ombros e me puxou num abraço.

— Eu vou morrer de saudade do meu ranzinza... — Minha mãe puxou meu nariz como se eu ainda tivesse cinco anos. Ela ignorou minha expressão contrariada e me abraçou forte, a ponto de me deixar sem ar.

Nossos nomes foram chamados pelo alto-falante para nos juntarmos ao monitor do alojamento masculino, e meus pais foram embora. O Iuri acenava, todo feliz, para um monte de gente, já que ele tinha acampado no ano passado. Enquanto nós caminhávamos para o alojamento, que fica do lado esquerdo da casa principal, atrás da quadra, só guardei na memória que o monitor se chamava Carlos e olhe lá. Quando entrei no quarto, escolhi a cama mais próxima da janela, para facilitar minha fuga, caso precisasse.

— Carlos, cada quarto tem seis vagas, certo? — um dos garotos perguntou, confuso. — Está sobrando uma cama.

— Por pouco tempo. O companheiro de vocês se atrasou, mas já está chegando. — Ele sorriu e notei algo misterioso em sua expressão. — Agora vamos para o refeitório. Almoçar!

Foi um dos melhores anúncios que ouvi até aquele momento. Eu tô sempre com fome.

O refeitório foi enchendo aos poucos, e uma grande fila se formou no bufê. Uma coisa eu precisava reconhecer: aquela prisão disfarçada de hotel tinha uma comida boa. Peguei de tudo um pouco e ocupei um lugar na mesa que o monitor escolheu. Automaticamente, todo mundo fez o mesmo. O meu primo, que veio calado todo o caminho de carro, no Kairós desandou a falar igual a uma matraca e a provocar risadas no restante do grupo. Pelo visto ele é popular por aqui. Preferi me concentrar no meu prato e fiquei só ouvindo a conversa.

De repente, um burburinho, especialmente nas mesas das garotas.

— O amigo que faltava no quarto de vocês chegou! — O Carlos sorriu e rapidamente se levantou em direção à entrada para buscar o sexto ocupante do nosso quarto.

Era ninguém menos que o Kaio Byte! O cara é fera nos games e tem um canal megabombado no YouTube. Ele vai ser meu companheiro de quarto? Que irado!

Mas o que um cara famoso na internet veio fazer justamente aqui? Ele se serviu no bufê e veio para nossa mesa com o Carlos. Cumprimentou todo mundo e parecia nem perceber os suspiros das garotas das mesas em volta. Foi simpático, mas falou pouco. Estava morrendo de fome, porque estava na estrada havia horas.

Como se já não bastasse o impacto da chegada do Kaio, ouvimos uma baita trovoada e a maior chuva começou a cair. Precisei dar adeus ao plano de ir para a piscina! Foram dadas várias sugestões de atividades para fazermos na casa principal, mas eu não estava nem um pouco a fim de interagir com ninguém. Não é tudo *sugerido*? Pois então a sugestão que eu dei para mim mesmo foi dormir, já que tinha sido obrigado a acordar cedo demais.

O Kaio não estava muito tentado a participar das atividades, assim como eu não estava. Falou que precisava dormir. O Carlos emprestou um guarda-chuva para cada um e nos acompanhou até o alojamento.

— Descansem! Assim vocês vão estar mais dispostos pra festa. Vocês nem imaginam as surpresas que vêm por aí! Se precisarem de algo, o monitor-chefe do alojamento vai estar o tempo todo por aqui. — Ele se despediu e fechou a porta.

Peguei uma roupa mais confortável na mala e o Kaio fez o mesmo. Ele realmente estava com cara de cansado. Eu tinha ficado quieto até aquele momento, mas minha língua coçava de curiosidade.

— Cara, não me leva a mal, mas eu preciso perguntar... — Cocei a cabeça, num gesto nervoso. — Se você achar que eu tô sendo meio intrometido, relaxa. É só me dizer.

— Pode perguntar. — Ele riu do meu jeito e leu o meu crachá — Adolfo, certo? Manda aí. O que você quer saber?

— O que você veio fazer nesse lugar, se poderia escolher qualquer outro? Você é famosão, pô! Tem milhares de seguidores, de fãs... Você é uma celebridade da internet e vai ficar aqui por dias sem poder acessar nada?

— Adolfo, olha... Eu tô entendendo a sua curiosidade. Pode parecer meio absurdo, já que eu vivo disso. Mas quer saber? Tô dando graças a Deus! — Ele levantou as mãos.

— Oi?! — minha voz chegou a sair meio esganiçada.

— Se a gente vai passar quase uma semana convivendo aqui no alojamento, não tem por que eu não falar. Eu tenho certeza de que os outros devem estar pensando a mesma coisa. Não é a minha primeira vez neste acampamento. Eu vim aqui pro Kairós quando tinha onze anos, um ano antes de eu ficar famoso por causa do meu canal. Foi uma das melhores épocas da minha vida! Isso aqui é muito bom. Você parece meio chateado. É isso mesmo? É a sua primeira vez aqui?

— É... — O tédio com certeza estava tatuado no meio da minha testa. — Essa é a minha primeira vez no Kairós. O meu primo Iuri também veio. Ele adora, mas eu vim porque os meus pais me obrigaram.

— Isso aqui é muito irado! Você vai agradecer, escreve o que eu tô te falando... — Ele tirou os tênis, colocou perto da mala, afofou os travesseiros na cabeceira e se recostou com um baita suspiro de alívio.

— Desculpa. Eu ainda tô tentando entender o seu lance...
— continuei o assunto. — Eu te sigo nas redes. Eu vejo você viajando pelo Brasil inteiro, ficando em hotéis bacanas. Aqui é confortável, beleza. Eu não posso reclamar disso. Mas dividir o quarto com caras que você nem conhece?

— Não conheço agora, mas vou conhecer daqui a pouco. — Ele abraçou os joelhos e olhou para um ponto fixo na parede por um tempo, antes de se virar para mim novamente. — Quando eu lancei o canal, foi só por brincadeira. Com a autorização dos meus pais, claro. Eu sempre fui o nerd da classe, aquele que preferia jogar videogame a ir pras festinhas. Esse tipo de cara. Eu sempre tirei as melhores notas e a galera pegava muito no meu pé, sabe? Ser perseguido e muitas vezes xingado por uma coisa que você gosta de fazer é bem chato.

Concordei com a cabeça enquanto ele falava, mas preferi não comentar que fazia bullying com os nerds da minha classe até poucos meses antes. Eu achava divertido tirar sarro da cara deles. Depois entendi que só estava sendo um grande idiota.

— Primeiro começaram a zoar os meus vídeos. Postavam ofensas nos comentários, e teve um momento em que eu cheguei a pensar em desistir de fazer. Só que, quando eu comecei a ficar famoso, os mesmos caras do colégio que enchiam a minha paciência vieram me bajular. Acredita num troço desse? Chegava a ser patético. — O Kaio deu uma risadinha sarcástica, mas notei uma ponta de mágoa no olhar dele.

— Ainda bem que você não desistiu. Deve ter sido um susto passar de rejeitado a famoso, né?

— É meio assustador sim... — Ele olhou para mim e continuou a se abrir, como se me conhecesse fazia tempo. — Tudo tomou uma dimensão que ninguém da minha família podia imaginar. A minha mãe virou minha empresária e eu não paro quieto. É puxado fazer tudo. Estudar, manter as notas acima da média, gravar os vídeos e participar dos eventos. Claro que eu curto pra caramba esse lance de viajar, participar de fóruns. E ainda ganho uma grana boa. Mesmo assim eu precisava de um tempo só pra mim e pedi para vir pra cá. *Férias* é uma palavra que eu não ouço há dois anos!

— Bom, férias de internet você vai ter, com certeza... Mas férias das garotas, ahhhh, não vai ter mesmo. Você não notou como elas ficaram todas eufóricas quando você entrou no refeitório?

— Eu tô acostumado... Quando eu entro nos lugares, geralmente é assim.

Não sei se ele simplesmente confirmou um fato corriqueiro da vida dele ou se foi metido. Mesmo assim, continuei.

— Vai ter disputa pra ver quem vai ficar com você hoje na festa.

—Você leu direitinho as regras do acampamento, Adolfo?
— Ele deu uma gargalhada alta. — Aquela papelada toda que os seus pais assinaram, você deu uma olhada? Tô achando que não, hein?

— Por quê?

— Aqui não pode ficar, namorar... nada disso!

— Você tá de brincadeira com a minha cara. — Eu, que estava em pé ao lado dele, caí sentado na cama.

— Nem um selinho, brother. Essa coisa de namoro é a regra mais séria por aqui, sujeito a expulsão sem direito a reembolso. A gente pode olhar as meninas, fazer amizade, brincar, participar das atividades juntos, e algum interesse a mais pode rolar, óbvio. Mas qualquer coisa parecida com namoro só quando a galera estiver fora daqui.

— A situação é pior do que eu pensava! — Coloquei as mãos na cabeça.

— Hahahaha! — Ele achou engraçado o meu desespero.

— Por isso que vai ser o paraíso pra mim. Eu tenho muitas fãs, várias delas bem atiradas, e o que elas mais me pedem é: "Kaio, vamos tirar uma selfie?" Eu curto, acho legal. Faz parte do meu trabalho. Mas tudo o que é legal uma hora cansa. Eu precisava de verdade fazer uma coisa diferente e não queria ficar com ninguém. Tô meio de saco cheio de fofoca de internet. Se eu tiro duas fotos seguidas com a mesma menina, já começa a especulação. Ser proibido namorar é uma excelente desculpa pra não me envolver com nenhuma delas. Eu vou me divertir, ficar fora da internet uns dias e, apesar do assédio do início, depois de um tempo eu vou ser um garoto comum aqui dentro. Tudo o que eu mais precisava! — Ele se espreguiçou e depois se ajeitou embaixo das cobertas. — Adolfo, o papo tá ótimo, mas eu preciso dormir, cara... De verdade. Tô cansadão!

— Desculpa. Eu fiquei aqui te interrogando. Vai nessa, Kaio. Eu vou tirar um cochilo também.

Fechei melhor as cortinas para escurecer um pouco o quarto. Então me ajeitei na cama e fiquei pensando naquela coisa toda de fugir temporariamente da fama. Parada sinistra, hein? Como eu nunca tinha passado por isso, estava achando tudo meio doido. Tem coisa melhor que viajar para todo canto e viver cercado de gatinhas? Como é que isso pode cansar alguém? Mas os pingos da chuva batendo na janela tocavam uma música tão gostosa que eu peguei no sono logo em seguida.

Acordamos quando os outros garotos voltaram para tomar banho antes do jantar.

— Ih, foi mal! — O Iuri colocou a mão na boca. — A gente não queria acordar vocês.

— Relaxa! — O Kaio deu um bocejo comprido. — Já tava na hora mesmo.

Metade dos caras seguiu para o banheiro e eu, ainda com preguiça, me recostei na cama esperando a minha vez. Olhei para o nome escrito no crachá do garoto que ficou no quarto. Ricardo. Ele era gordinho, bochechudo e meio tímido.

— E aí, Ricardo? O que vocês fizeram? — O Kaio acabou me imitando: também leu o nome dele no crachá, só que ele puxou assunto.

— Alguns ficaram jogando sinuca e batendo papo. Eu fui pro cineclube com o Iuri. Eles colocaram um filme que fala da vida do Steve Jobs, aquele que fundou a Apple com outros caras.

— Esse filme é maneiro. — O Kaio se levantou e começou a escolher uma roupa na mala. — Incrível como ele sacudiu a tecnologia. Quase todo mundo sonha ter alguma coisa dessa marca.

— O filme é maneiro, sim. Mas o Steve Jobs era meio estressado. Meio não, totalmente! Eu não sei se ia gostar de trabalhar com ele. Você já assistiu, Adolfo? — O Ricardo se virou para mim.

— Já. — Eu não estava muito a fim de conversar, mas não tinha outra saída. — O Iuri é fissurado na Apple, não larga o iPhone dele. Por isso ele quis assistir ao filme: simplesmente idolatra tudo o que o cara fez. Meu pai diz que é um *brinquedinho* caro demais para mim, que não vou ver um tão cedo. Mas e a tal festa temática? A galera tá animada?

— Bastante! — Ele se empolgou. — Muita gente foi pra sala de artes fazer aquelas paradas que o Michael usava, principalmente chapéu e luvas. Eu vou botar uma roupa preta e branca que eu trouxe, mas não quis fazer um acessório... Só não sei se eu vou dançar. Gordo imitando Michael Jackson é meio ridículo.

— Qual o problema de ser gordinho? Ridículo por quê? — o Kaio o interrompeu. — Nada a ver isso, cara. Não entra nessa neura, não. A festa é pra se divertir. Eu mesmo vou tentar o moonwalk.

— Sério? — O Ricardo olhou espantado e não conseguiu segurar o riso. — Você naturalmente já vai chamar atenção, por ser quem você é. Imitando os passos do Michael, então...

— Esquece esse lance de que eu sou famoso. Aqui eu sou só mais um. E, se eu pagar mico, que se dane! — Ele simulou uns passinhos, descalço mesmo, cantando "Billie Jean".

Depois do jantar, todo mundo foi chamado para entrar no salão de festas. Era bem grande, com mesas laterais, formando uma grande pista de dança no centro. Tinha um palco cercado de luzes coloridas e um telão que projetava videoclipes e fotos. Para surpresa de todo mundo, um dançarino fez um pocket show imitando as coreografias das músicas mais conhecidas do Michael Jackson. O cara mandou bem pra caramba! Eu já tinha visto vários imitando os passos do Michael em programas de televisão, mas assim ao vivo, de pertinho, uau! Escolhi uma das mesas laterais mais próximas do palco e fiquei bebericando refrigerante enquanto o pessoal dançava. O Kaio ficou rodeado de fãs. As meninas disputavam a atenção dele.

A música alta vibrava e eu sentia o corpo reagir, mesmo sentado. Fiquei com uma vontade enorme de dançar. Não conseguia evitar que os meus pés se mexessem embaixo da mesa. Mas alguma coisa me impedia de ir para o meio da pista. Como se aquilo não fosse para mim, como se não fosse certo eu aproveitar, não sei explicar direito. A galera se divertiu bastante. Várias garotas bem bonitas ficaram dançando e cantando perto da minha mesa. Eu tomava um gole do refrigerante e pensava "na próxima música eu vou". Até que a festa acabou e eu continuei sentado no mesmo lugar.

Lá pela meia-noite, os monitores acompanharam todo mundo até o alojamento. Alguns garotos foram tomar banho de novo, já que tinham suado de tanto dançar.

— Por que você não quis dançar com a galera, Adolfo? Ficou no canto o tempo inteiro. — O Iuri se sentou na beirada da minha cama e falou baixinho. — Você sempre dança nas festas da família.

— Ah, eu não tava a fim. Mas eu me diverti. Fiquei olhando. — Não quis confessar que eu queria, mas tive aquela sensação estranha de que era errado. Se nem eu entendi, ele iria entender?

— Para de marra, cara. — Ele fez uma expressão séria.

— Eu não tô de marra, Iuri! Só não tava querendo dançar. Tenho que te dar satisfação de tudo o que eu fizer ou deixar de fazer aqui dentro?

— Só vou te avisar uma coisa: eu não vou bancar a babá. A tia Sara pediu pra eu tomar conta de você, mas você já é bem grandinho. Eu concordei quando saí do carro pra não criar caso. Se você quer bancar o antipático, problema seu. Eu vim aqui pra curtir.

— Tô te impedindo de curtir alguma coisa? Caraca, maluco! — Comecei a me irritar.

— Não tá me impedindo. Mas os outros garotos já sacaram o seu jeito. Que você quase não puxa assunto, que tá de cara amarrada desde a hora que a gente chegou. Mal abriu a boca na hora do almoço, ficou a tarde inteira enfiado aqui no quarto e era o único que estava sentado na festa.

— Eu sabia que ia ser um saco ter que vir pra cá. Larga do meu pé, Iuri.

— Não cria confusão aqui. Todo mundo sabe que você é meu primo. Espero que a galera separe bem as coisas. Então não estraga as minhas férias! E mais uma coisa... — Ele baixou o tom de voz. — Para com essa mania de enfiar "caraca, maluco" em tudo que você fala. Além de ser chato, é até meio ridículo.

Ele se levantou e eu nem tive tempo de responder. Preferi ficar quieto, pois o clima no quarto era de descontração e, como ele mesmo falou, eu não estava a fim de ser estraga-prazer. O meu pai deixou bem claro que não queria ouvir reclamação sobre mim. Ficar sem mesada até o fim do ano? Não vou mesmo! O Iuri nunca tinha falado desse jeito comigo antes. Moleque folgado. Troquei de roupa e tentei dormir. A chuva tinha dado uma trégua e eu tinha certeza de que o sábado prometia uma bela manhã de sol. A piscina que me aguardasse. O meu plano finalmente iria acontecer...

26 DE JULHO
DIA 2
FABI

Uaaaaaaau! O acampamento não poderia ter começado melhor. A festa de boas-vindas foi simplesmente sensacional. Dancei o tempo inteiro, fizemos várias coreografias e eu fiquei com o corpo todo dolorido. Quer saber? Valeu cada dorzinha! Todo mundo ficou mais à vontade e os grupos começaram a se misturar.

Primeiro eu fui para a sala de artes customizar uma luva branca com lantejoulas. Ela ficou linda depois de pronta, mas eu gastei cerca de duas horas nessa atividade. Muita gente fez coisas bem legais, e eu preciso confessar uma coisa: me espantei com a habilidade de alguns garotos. Existe aquela crença de que as garotas mandam melhor nos trabalhos manuais, mas eles deram show.

Depois fui jogar pingue-pongue. Não sou lá muito boa, mas, como o objetivo era aprender e me divertir, eu adorei. Tá, outra confissão. Eu me fiz de mais amadora do que sou para um garoto fofo chamado Thiago me ensinar. #FabiAprendiz #Fabi-Espertinha

Assim como o almoço, o jantar estava uma delícia. Ainda bem que o Kairós tem um montão de atividades, pois a comida aqui é tão boa que eu iria engordar na certa. Pelo menos existe um equilíbrio. Comemos muito, mas também não paramos quietos.

Por falar em não parar quieto, foi difícil controlar as garotas quando o Kaio Byte surgiu no salão de festas. Como disseram que ele tinha dormido a tarde toda, não tinha preparado um adereço do Michael Jackson e foi vestido com roupa normal. A estagiária Rebeca conversou conosco, e acho que o mesmo foi feito nos outros grupos. Ela pediu para a gente segurar a onda, tentar tratar o Kaio normalmente, sem "ataques de fãzice" (usando as palavras dela!). A Rebeca é muito engraçada e nós entendemos o recado. Ele queria aproveitar as férias como todo mundo, sem privilégio de pop star ou coisa parecida. Mesmo assim, o sucesso que ele fez não foi pequeno. As meninas mais desinibidas dançaram em volta dele, ainda mais depois que ele arriscou uns passinhos. Eu estava perto, mas não tive coragem de me aproximar. A Joyce, bem mais corajosa, foi a única do nosso quarto que dançou perto dele. Ela arrasou na dança, com certeza deve fazer aula ou alguma coisa do tipo. Eu fiquei só olhando enquanto dançava com o grupo que conheci no salão de jogos.

O sábado amanheceu com céu azul e um calorzinho gostoso. Apesar de o parque aquático ser lindo e praticamente implorar por um mergulho, achei que não estava calor o suficiente para me aventurar nas piscinas. A gente mal tinha conhecido o restante do acampamento por causa da chuva e eu queria aproveitar para dar uma volta. A monitora do alojamento, a Jéssica, informou as várias atividades programadas, além do banho livre na piscina: bicicleta, pedalinho no lago, algumas gincanas e cama elástica.

Fui com um grupo para os pedalinhos. Era uma caminhada de uns quinze minutos até o lago, e três monitores nos acompanharam. No caminho, canteiros floridos e muito bem cuidados. Reparei que meu interesse por flores aumentou de uns tempos para cá. Mas é um interesse diferente. Eu sinto pena quando elas são arrancadas do jardim. Gosto delas vivas, na natureza. Fiquei tão entretida lendo as plaquinhas para saber o nome de cada uma delas que acabei ficando por último na fila. Apesar da boa quantidade de gente na minha frente, não fiquei chateada de ter que esperar. Tudo em volta era tão bonito que valia a pena.

O lago era grande, e o sol fazia um reflexo lindo na água. Ao redor dele, uma pista que poderia ser usada para andar de bicicleta ou mesmo correr. Além disso, bancos embaixo das árvores, para descansar na sombra gostosa. Ao todo eram cinco pedalinhos e cabiam duas pessoas de cada vez. Apesar de o lago ter um bom tamanho, os monitores disseram que a quantidade de pedalinhos era reduzida para dar mais espaço entre um e outro e assim evitar acidentes. O legal era que, além do tradicional formato de cisne, tinha também pedalinho em formato de pato e de jacaré.

— Ufa! Corri, mas cheguei a tempo. Pensei que já tinha acabado a atividade do pedalinho por hoje!

Eu me virei para ver quem tinha se atrasado mais do que eu e assumido o último lugar na fila. O dono da voz era simplesmente o Kaio Byte! Senti meus joelhos falharem, mas lembrei das recomendações da Rebeca para segurar a onda e tentei ser o mais natural possível.

— Oi, Kaio, bom dia! — Sorri para ele, fingindo mentalmente que fazia parte do meu cotidiano dar bom-dia para um garoto tão famoso.

— Oi, Fabi! — Ele olhou discretamente para o meu crachá. — Dois, quatro, seis, oito... — Ele calculou de dois em dois a quantidade de pessoas na fila. — A conta agora está certinha. Cheguei no momento exato para ser o seu par. — E me deu uma piscadinha.

Meu par... Kaio, querido, não fale desse jeito comigo. Você não está me entendendo! Senti a respiração falhar. E lembrei daqueles ditos populares antigos do tipo "ri melhor quem ri por último", ou "os últimos serão os primeiros". Não é que foi uma vantagem enorme eu ter me atrasado para entrar na fila? Como todo mundo estava prestando atenção no lago, ninguém percebeu quem tinha acabado de chegar. Tive uma sensação maravilhosa (que disfarcei, claro) quando constatei que, temporariamente pelo menos, o Kaio era todinho meu.

— Curtiu a festa ontem? — ele perguntou, todo simpático. Ainda demorei alguns segundos para responder, hipnotizada quando ele deu uma jogadinha naquele cabelo loiro para trás para colocar um boné azul, da corzinha dos seus olhos.

— Nossa, foi muito legal. Eu dancei muito! E o cover do Michael era sensacional.

— A dança dele é um troço de doido! Imagina por quanto tempo ele deve ensaiar para chegar àquela perfeição?

— Muito tempo — concordei. — Da mesma forma que você deve jogar horas pra poder dar dicas pros outros gamers.

— Verdade. Eu gosto muito do que faço. Mas até que eu tô curtindo essa folguinha dos games aqui no acampamento. Sabia que, apesar de já ver vindo pro Kairós quando eu era mais novo, nunca andei de pedalinho na vida? Aí eu decidi que seria hoje a minha estreia.

— Eu andei duas vezes. Os dois pedalam, mas só um dirige. Eu já dirigi uma vez. Não tem muito mistério.

— Eu fico muito tempo no meu quarto jogando e gravando vídeos. Ou dentro do avião. Eu me dei conta disso numa aula de ciências, quando não soube diferenciar uma planta de outra que tem em tudo que é canteiro na rua. — Ele fez uma expressão engraçada. — Fora que eu tô mais branco que papel! — Apontou para os braços. — Mesmo com o sol fraco de hoje eu passei protetor, mas com um fator não muito alto, pra pegar uma corzinha e deixar de parecer um vampiro.

— Hahahaha! Você não parece um vampiro...

Calma, Fabi. Não faça trocadilhos nem piadas com vampiros. Não mencione mordidas no pescoço. Nem no seu, nem no dele. Não olhe para os dentes dele. Esqueça temporariamente os filmes da série *Crepúsculo*. E o Damon de *Vampire Diaries*!

O tempo da primeira rodada terminou e aos poucos o pessoal foi desembarcando dos pedalinhos. Conforme os coletes salva-vidas iam ficando disponíveis, os monitores distribuíam pela fila. Eles não eram nem um pouco discretos, num laranjão de doer os olhos. Como nós éramos os últimos, não tivemos prioridade na escolha do pedalinho, mas mesmo assim eu curti quando sobrou o de jacaré. Seria como pilotar a Cuca de *O Sítio do Pica-Pau Amarelo*.

— Você já tem carteira de motorista, pela experiência. Por favor, senhorita. Pode dirigir. — Ele apontou para o lugar que tinha o volante.

— Eu?! — Arregalei os olhos.

— Eu sou fã de mulheres que dirigem... Aliás, acho um absurdo não termos mais mulheres no automobilismo, especialmente

na Fórmula 1. — Ele brincou com a monitora que estava organizando a fila, mas baixou o tom de voz bem pertinho de mim.
— Acho que eu posso confiar em você... No game eu sou fera, sem falsa modéstia. Mas no mundo real sou meio atrapalhado até pilotando carrinho de supermercado.

Meu lado "donzela que quer ser salva do alto da torre" ficou decepcionado por ele não querer dirigir. Mas era um pedido do Kaio Byte, né? Pensei na quantidade de garotas que morreriam para estar no meu lugar. Não tive alternativa, então aceitei o desafio de bancar a "princesa guerreira" e domar não o dragão, mas o jacaré do lago.

Antes de embarcarmos, um dos monitores tirou uma foto nossa. Todas as duplas foram fotografadas para atualizar o site do Kairós. Quando nos acomodamos, aquele balanço suave da água fez meu coração acelerar ainda mais. Agradeci pelo pedalinho ser duplo, porque foi a força das pernas dele que nos fez sair do lugar. Eu, que estava com a responsabilidade do volante, precisava me esforçar para lembrar o básico, ou seja, o que era esquerda e o que era direita!

— Viu como eu estava certo? — Ele me deu uma cotovelada de leve. — Se eu estivesse conduzindo, a gente estaria pedalando em círculos. Com certeza o pedalinho iria parar num daqueles vídeos zoados que são compartilhados milhares de vezes.

— Kaio, você é muito engraçado. — Tive que rir.

— Quantos anos você tem? — Ele me encarou e foi difícil não bater em outro pedalinho.

— Treze. Quer dizer... praticamente catorze. Faço aniversário amanhã.

— Jura? Que massa! Parabéns! Vou querer bolo.

— Vai ter bolo sim. Sempre tem pros aniversariantes. Considere-se convidado.

— Oba! Guarda o primeiro pedaço pra mim. — Ele deu um daqueles sorrisos matadores.

Ele está jogando charme para cima de mim? Sério mesmo? Ca-ra-ca!

Demos uma volta completa no lago enquanto conversávamos sobre o desempenho dos outros pedalinhos. As duplas davam tchauzinho umas para as outras e todo mundo ria quando alguém mostrava que estava cansado de pedalar ou se enrolava nas manobras. Perdi a noção do tempo! Não sei se passou rápido ou devagar. Só sei que senti os joelhos falharem quando desembarcamos, mas não sei se foi por causa do exercício forçado ou pelo nervosismo de ter o Kaio do meu lado. Ele tirou o colete primeiro e devolveu para um dos monitores.

— A gente se vê por aí, Fabi. Preciso correr agora. Quero dar uma olhada na gincana. Adorei passear de jacaré com você! Tchau!

— O prazer foi meu. Tchau, Kaio.

Eu ainda estava em estado de choque, parada, contemplando o Kaio desaparecer do alcance dos meus olhos, quando a Rebeca veio me zoar. Olhei em volta e só nós duas ainda estávamos no deque.

— O colete pertence ao Kairós, Fabi. Eu sei que rola um apego por ele, foi uma experiência incrível, mas você pode tirar e devolver?

— Ah, claro! — Comecei a gargalhar enquanto tirava o colete. — Não tô acreditando no que acabou de acontecer!

— Você lembra do que eu falei, né?

— Sem ataque de fãzice... — Revirei os olhos.

— Mas cá entre nós... ele é gatinho mesmo. Não sou muito ligada nesse negócio de games e youtubers, mas consigo entender os suspiros de vocês. Ele tem carisma.

— Eu não vim pra cá pensando em namoro, mas não é todo dia que temos a sorte de dar de cara com o Kaio Byte! Que pena que não se pode ficar no acampamento... — Não consegui evitar um suspiro.

— Graças a Deus! — a voz dela saiu como num gemido de alívio. — Já imaginou o desafio que os monitores teriam que enfrentar com os ataques de hormônios de vocês? Já é complicado com os garotos "normais"... — ela fez o sinal de aspas no ar. — Imagina com um menino famoso e assediado. Claro que o contrário seria muito complicado também... Uma atriz, modelo ou coisa parecida também causaria um rebuliço aqui.

Enquanto a gente caminhava calmamente de volta para a casa principal, aproveitei para tirar mais dúvidas sobre a regra do namoro.

— Tudo aqui no acampamento é muito intenso, Fabi... Temporariamente é como se vivêssemos dentro de uma bolha. Todo o resto do mundo meio que desaparece. A convivência diária deixa tudo muito maior, sabe?

— Tipo o Big Brother, né? No primeiro dia tudo é festa, todos se amam. Os casais se formam, e quando tem briga parece que o mundo vai acabar por qualquer motivo, até por causa de uma fatia de pão.

— Mais ou menos por aí. Aqui são só seis dias por temporada. Eles ficam semanas confinados no programa, e tem um prêmio envolvido. Mas a sensação de isolamento e de que o mundo passa a ser aquilo ali é parecido. Aqui todos têm o mesmo objetivo, que é aproveitar ao máximo as atividades, se divertir, conhecer pessoas, se jogar em experiências novas. É como se todo mundo fosse mais verdadeiro.

— Como assim, verdadeiro?

— Talvez *verdadeiro* não seja a melhor palavra, mas eu vou tentar explicar... Não é que as pessoas mintam lá fora. Não é isso o que eu quero dizer. Quer ver um exemplo? Vamos imaginar que você conheça um gatinho na escola. Lá existem várias regras de comportamento também, mas o namoro já é um pouco mais aceito. Mesmo assim, tem as aulas, a rotina de cada um, um horário específico de convivência. Pra sair e se divertir, ir ao cinema ou fazer outro tipo de programa, talvez só no fim de semana e com a autorização dos pais.

— Verdade! Eu tive o meu primeiro namorado há pouco tempo e só podia vê-lo nos fins de semana. Ele estudava em outra escola, então a gente acabava se falando mais por mensagens.

— Viu? É por aí... Tem que acontecer vários encontros e uma porção de mensagens pra você conhecer alguém direito. Além dos tradicionais joguinhos de sedução. Aqui não. São seis dias pra você libertar a sua essência e se surpreender até mesmo o seu próprio comportamento. Com esses dias de convivência, eu posso afirmar sem medo de errar que você levaria pelo menos uns dois meses pra ter um efeito parecido.

— Huuum, tô começando a entender. Aqui, apesar das regras, as pessoas se sentem livres do controle dos pais e podem até se comportar da maneira que gostariam. Ou no dia a dia têm vergonha ou timidez de se aproximar de alguém na escola ou numa festa. Aqui os jogos e atividades facilitam essa aproximação.

— Exato! Você está pegando o ponto. Tudo aqui fica à flor da pele. A convivência diária e intensa faz parecer que o resto do mundo some. E, para uma paixonite tresloucada surgir, justamente na idade em que se sonha em viver o primeiro grande amor...

— Tresloucada?! — Ri alto.

— Fabi, se você riu com a palavra é porque não surgiu ainda uma paixão tresloucada na sua vida. A pessoa fica com ideia fixa, só pensa no ser amado, suspira, fica com cara de boba alegre, esquece de comer, fica com aquele olharzinho perdido no tempo e no espaço, quer se ver o tempo todo, mata aula...

— Pelo visto você já passou por isso... — brinquei e ela fez cara de mistério. — Mas se apaixonar não é uma coisa que se escolhe. A paixão acontece naturalmente. Ou não?

Eu estava adorando ter esse papo com a Rebeca! Ela tem aquele jeito de irmã mais velha que eu sempre invejei das minhas amigas. Como sou filha única, sinto a maior falta disso.

— Claro que é natural se apaixonar! O Kairós está completando trinta anos. Eu sei de histórias de pessoas que se conheceram aqui e até se casaram.

— Ai, que tudo! Adoro essas histórias!

— Numa outra hora eu te conto algumas que eu sei... Só pra concluir o papo da proibição do namoro ou das ficadas no acampamento. A gente não pode esquecer que está lidando com adolescentes, menores de idade. Os pais pagam muito bem o acampamento, confiando que todos aqui cuidam bem dos seus filhos. Não só na questão da segurança, alimentação e bem-estar. Se apaixonar é natural e é do ser humano. Grandes amores surgem aqui. Essas árvores que nos cercam já ouviram muitas juras de amor... — Ela olhou para cima e depois fez uma careta engraçada. — Mas esse amor só pode ser concretizado lá fora, depois que terminar a estadia. Com o devido conhecimento e consentimento dos pais.

— Entendi. Continuo não aceitando, mas entendo as complicações. Imagina no caso do Kaio Byte? A quantidade de garotas

que teriam vontade de fugir pro alojamento masculino à noite, quando todo mundo estivesse supostamente dormindo?
— Não quero nem imaginar essa maluquice! Ia ser um deus nos acuda! — Ela levou as mãos à cabeça e nós duas caímos na risada.

A caminhada e o esforço de pedalar e manobrar o pedalinho me deu sede. Passei no refeitório para tomar água e encontrei a Mariana, que fez uma cara engraçada para mim.

— Já estou sabendo que a senhorita bancou a motorista de jacaré pro Kaio.

— Mas esse acampamento já tá fofoqueiro no segundo dia? Peraí... ontem os seus óculos não eram azuis? Hoje a armação é vermelha.

— As pessoas não combinam os acessórios com as roupas? Eu combino os meus óculos. Tenho armações de todas as cores. Mas não muda de assunto não! E aí? Fala do Kaio! Além de lindo, ele é legal? O que vocês conversaram?

— Ah, ele é normal. Claro que eu fiquei nervosa com ele ali do meu lado. Ele é bem simpático, igual nos vídeos. Mas foi só uma volta de pedalinho, nem deu pra ter uma conversa mais profunda. Desculpa, não tenho muito mais pra te contar! — Sorri para despistar. Não queria falar mais para não aumentar a fofoca e não me meter em encrenca. — Tô com uma fome! Ainda falta uma hora pro almoço. Vamos dar uma volta perto das piscinas?

Um grupo bem grande aproveitava o sol, mas batia o típico ventinho frio de inverno. Escolhemos um banco entre a piscina maior e o tobogã e nos sentamos para observar as pessoas.

— Tem um monte de meninos bonitos por aqui... — A Mariana suspirou. — Eu adoro nadar, mas fiquei com vergonha de colocar biquíni.

— Ué... Por quê?

Ela fez uma carinha triste.

— Eu tenho umas estrias no bumbum. Eu era bem gordinha, emagreci, engordei de novo, voltei a emagrecer... E nesse efeito sanfona acabei ganhando estrias. Essas marcas são bem chatas. Já passei todo tipo de creme que você possa imaginar. Até dá uma melhorada, mas elas não somem!

— Eu também tenho algumas, só que no quadril. Parecem cicatrizes, né? Algumas são clarinhas, outras bem escuras. É bem chato mesmo. A gente vê fotos perfeitas nas revistas e na internet, aí bate a maior insegurança. Assim que as minhas apareceram, eu deixei de ir a um churrasco na casa de uma garota do colégio. Ela falou que tinha piscina na casa dela e eu fiquei com tanta vergonha que preferi não ir. Depois vi as fotos e todo mundo parecia ter se divertido muito. Fiquei bem chateada.

— Isso já aconteceu comigo, Fabi. Eu acabei indo, mas disse que estava com cólica e que preferia ficar do lado de fora. Você acha que adiantou? "Poxa, não acredito que você não trouxe biquíni! Eu te empresto um! Usa um absorvente interno, sua boba! Eu uso, existe pra adolescentes." Não sei o que é pior. Não ir pra evitar a vergonha e ficar com raiva de ter perdido uma oportunidade de se divertir, ou ter que aturar a insistência dos outros.

— Amanhã eu quero nadar e você vem comigo! Não vamos deixar que umas marquinhas na pele nos impeçam de nos divertir.

— Você tem razão, Fabi. Eu comprei um biquíni que dá uma disfarçada, mesmo assim fiquei insegura. Com a sua companhia eu vou ter mais coragem. Não quero perder a chance de conhecer esses gatinhos.

— A chance de pegar uma corzinha, nadar e relaxar, né? Eu também quero fazer amizade. É óbvio que eu já reparei que aqui tem um monte de garotos bem fofos, mas não estou querendo me interessar de verdade por ninguém. Terminei um namoro faz pouco tempo e não quero sofrer de novo.

— Sofrer? — Ela apertou minha mão, num gesto de carinho.
— Poxa, sinto muito... O que houve?

— Acabou, só isso. Tá, desculpa. Eu fui meio exagerada falando que sofri. Acho que, de tanto assistir novela, fiquei meio dramática. — Sorri me lembrando da Thaís, que sempre pega no meu pé por causa disso. — Fiquei chateada quando a gente terminou, claro. Mas não teve briga nem nada mais sério. Era o meu primeiro namoro, aí perdeu aquele encanto do "felizes para sempre". Os contos de fadas terminam nesse ponto, e se a princesa se dá mal depois nunca se sabe. — Ela riu da minha comparação. — Eu gostava dele, era divertido. Eu amo dançar, e a gente se conheceu numa festa. Mas apaixonaaada mesmo, sei lá. Acho que ainda não aconteceu. E você?

— Eu?! — Ela fez uma tremenda cara esquisita.

— Você, né? Hahaha! Tem mais alguém aqui na conversa?

— É que... Bom... Eu nunca namorei. Nem fiquei. Sou BV total. — Ela ficou vermelha. — Tô na metade do nono ano, daqui a pouco vou pro ensino médio e nunca fiquei com ninguém. Vão achar que eu sou esquisita. Já basta usar óculos diferentes todo dia.

— Desculpa, Mariana, mas o que tem uma coisa a ver com a outra? Nunca ter namorado e curtir usar óculos coloridos?

— Eu não me adaptei com as lentes de contato, e, para o meu tipo de problema, só posso operar depois dos vinte e um anos.

Então eu inventei o meu próprio estilo. Será que nenhum garoto se interessa por mim justamente porque eu sou míope e uso óculos coloridos?

— Acho que você tá viajando! Como é que você pode ter tanta certeza de que nenhum garoto se interessou por você? Vai que existe alguém que te curte secretamente, que acha que você tem uma personalidade incrível justamente por causa dos óculos, e nunca conseguiu se declarar?

— Será? — Os olhos dela brilharam. — Bem que o meu suposto amor secreto poderia ser parecido fisicamente com aquele do outro lado da piscina.

— Quem? Tem um monte de meninos lá, Mariana.

— Aquele que está na espreguiçadeira, conversando com um dos monitores. Ele parece ser bem alto.

Tentei olhar na direção do tal garoto, mas não consegui enxergar muito bem. Ele realmente parecia ser bem alto, mas não deu para ver sua fisionomia.

— Eu vou confiar no seu gosto, Mariana. Tô achando que eu também estou precisando usar óculos. — Sorri.

— Se você precisa, eu não sei... Mas eu preciso de comida neste exato momento.

— Ah, eu também!

Levantamos num pulo quando ouvimos o sinal vindo do refeitório. O almoço estava servido.

Quando nos sentamos perto das garotas do nosso quarto, a Carol não parava de suspirar.

— Gente, o Kaio participou da gincana comigo. Cada grupo tinha umas dez pessoas. A gente tinha que mergulhar um copo d'água em um balde e sair correndo pra encher uma garrafa do outro lado. Parece meio bobo, mas eu juro que é divertido. Eu fui a última do nosso grupo a correr e consegui encher a garrafa primeiro. O nosso time ganhou e ele me deu o maior abraço de parabéns, sabe? Nossa... Fiquei toda boba.

Mais uma do mesmo quarto para ficar babando pelo Kaio? Xiiii...

Como ia rolar rodízio de pizza à noite, só ia ter outra festa no dia seguinte. Então, aceitei a sugestão da Joyce e fui para a aula de zumba, na oficina de dança, na parte da tarde. A Akemi e a Laura também se animaram.

Apesar de o monitor responsável ter falado que era para iniciantes, parecia que só eu nunca tinha feito aula antes. Eu gosto de dançar, mas me atrapalhei toda com os passos. E, mesmo tendo trocado tudo, foi divertido. A sorte é que só tinha garotas na aula e eu não passei vergonha na frente dos gatinhos do acampamento. Suei tanto que tive que tomar um banho antes do jantar.

Não choveu como na noite anterior, mas fez frio. Eu não queria sair de cabelo molhado, então peguei o secador da Joyce emprestado. Quando fui devolver, ela falou baixinho:

— Fabi, o Kaio Byte veio falar comigo todo cheio de charme, me elogiando, dizendo que eu danço bem. Disse que me viu dançar na festa temática. Tudo bem, eu dancei na frente dele pra me exibir mesmo. — Ela deu uma risadinha. — Mas tô desconfiada que o Kaio adora atirar pra todo lado. Quase todas as garotas com quem eu conversei por aí falaram alguma coisa do tipo.

— Já é a terceira do mesmo quarto com quem ele fica fazendo gracinha. Ele andou comigo de pedalinho, depois deu um abraço na Carol na gincana, te elogiou por causa da dança... Ele pode estar querendo fazer amizade. E também, por que não, aproveitar e jogar charme pra todas. Ele não é bobo, Joyce. Ele sabe muito bem que a mulherada se derrete por ele.

— E a Rebeca dizendo pra gente não ficar tendo ataque de fãzice pro lado dele. Mas é ele mesmo que gosta de jogar charme pras garotas. Ele tá provocando!

— Hahahaha! Ele tá acostumado a ser bajulado, ter todas suspirando por ele. Comigo ele foi bem fofo, simpático. De repente é o jeito dele mesmo. As garotas só não podem acabar brigando por causa disso.

— Acho melhor ficarmos de olho nele. — A Joyce suspirou. — É gato, fofo, olhos azuis lindinhos... mas disputado demais. Antes que alguma fique morrendo de amores por ele, melhor a gente tomar cuidado.

26 DE JULHO
DIA 2
ADOLFO

O sol ainda estava fraco, mas fazia um calor gostoso na pele. Até que enfim a tão esperada piscina! O início do mês teve bastante chuva, mas por sorte a de ontem não foi suficiente para estragar os meus planos. A espreguiçadeira, naquele momento, era o melhor lugar do mundo.

Muita gente teve a mesma ideia, mas a grande maioria resolveu participar das atividades logo depois do café. O Iuri estava tranquilo, apesar do pequeno estresse que tinha rolado depois da festa temática. Agora, como a galera está mais enturmada, as mesas no refeitório estão bastante misturadas, então ele comeu longe de mim. Colocou short e camiseta e foi participar de uma gincana qualquer. O Kaio saiu correndo na direção do lago e eu vim sozinho para o parque aquático. Aliás, o que é o Kaio roncando? Se as garotas que ficam babando por ele soubessem que ele parece uma motosserra dormindo... Eu não tinha notado quando nós tiramos o cochilo na tarde anterior. Será que só eu me incomodei? Acho que a galera ficou cansada de tanto dançar e simplesmente capotou.

— E aí, Adolfo? Não se animou a participar de alguma atividade?

Eu estava de olhos fechados, curtindo a música que saía dos alto-falantes da casa principal, o som dos mergulhos na piscina ou dos pássaros em volta. Abri os olhos lentamente por causa da claridade e reconheci o monitor Carlos, que tinha puxado uma cadeira para perto.

— Eu preferi dar um tempo aqui na piscina.

— Fui escalado pra ajudar aqui no parque aquático hoje — ele continuou. — Mas eu tô curioso com algumas coisas, e, já que você tá aqui sozinho, achei que seria um bom momento para conversarmos. Eu notei que você tá quieto, na sua. Não te vi dançando na festa.

— Eu não dancei mas curti. Tava maneira.

— Não gosta de dançar?

Tudo o que eu mais queria era paz e sossego, e pelo visto parte do plano estava ameaçada. Ele realmente queria conversar e fuxicar a minha vida.

— Eu curto dançar, sim. Só tô meio destreinado.

— Vai ter outras oportunidades. Ontem foi só a primeira festa.

— Kairós quer dizer o quê? É algum nome indígena?

Eu queria mudar radicalmente de assunto, e essa foi a primeira pergunta que surgiu na minha cabeça. Eu realmente não sabia o que falar e não queria prolongar o papo da festa. Já que obrigatoriamente teria que conversar com o cara, que pelo menos não fosse eu o centro das atenções.

— Hahaha! Não, Adolfo. Esse nome vem da mitologia grega. A mitologia é o estudo dos mitos, deuses e lendas. Além da grega tem a romana, a egípcia, a nórdica... Eu não conheço a fundo todos os deuses e simbologias, mas é fascinante ler sobre esse assunto. Eu tenho preferência pela mitologia grega.

Eu já tinha lido alguma coisa sobre mitologia e bateu até vergonha da minha pergunta. Mas eu realmente nunca tinha ouvido essa palavra, "Kairós". Sentei e me ajeitei na espreguiçadeira para poder olhar melhor para o Carlos.

— O que significa? — Eu estava mesmo interessado. Afinal de contas, se aquele era o nome do acampamento, deveria representar algo importante.

— De forma extremamente resumida, podemos dizer que é o Tempo de Deus. Simboliza também a oportunidade que não podemos deixar passar.

— Agora eu me toquei! Eu já tinha ouvido falar de Chronos, mas de Kairós não.

— Está tudo relacionado, Adolfo. Na biblioteca, se bater uma curiosidade maior sobre isso, está tudo explicado com mais detalhes. Chronos representa o tempo do relógio. Tanto que existe o cronômetro, a cronologia, o cronograma. Tudo que é controlado pelas horas, minutos... Já Kairós, apesar de representar o tempo, é de outra forma. É mais subjetivo.

— Tá meio confuso... Não entendi a diferença.

— Vou dar alguns exemplos pra você entender. Você combina de ligar para uma garota que está a fim às oito da noite, já que esse é o horário em que ela vai estar em casa. Esse é o tempo Chronos. Mas, quando finalmente dá o horário marcado e você liga pra ela, o papo está tão bom e divertido que, quando se dá conta, já passou das nove! E você se pergunta: "Como assim eu tô falando há uma hora e nem percebi?" Você simplesmente não viu o tempo passar porque estava aproveitando ao máximo a oportunidade de conversar com ela. Ou seja, estava no tempo de Kairós.

— Entendi! Uau, é isso mesmo! Pô, maneiro esse negócio. Eu fico assim jogando basquete. O tempo do jogo é cronometrado, mas, quando eu tô na quadra treinando, realmente não vejo o tempo passar.

— Eu fico assim quando assisto a um filme bom. Ou leio um livro cheio de mistério. Muitas vezes me assustei quando percebia que era alta madrugada e tinha que acordar cedo pra trabalhar.

— E aquele último minuto pra entregar a prova de matemática? Não parece ter sessenta segundos. Dá o maior nervoso! Geralmente o tempo das provas parece ser menor do que é. Ainda mais quando a matéria é difícil.

— É verdade! E quando a gente lembra de um dia inteiro nesse mesmo minutinho, simplesmente porque ouviu uma música? As lembranças passam numa velocidade incrível na mente. Já aconteceu isso com você? De vinte e quatro horas passarem nesses mesmos sessenta segundos na sua cabeça, tipo num filme? Por isso o fundador do acampamento escolheu esse nome. Apesar de as temporadas terem dias definidos para começar e terminar, ele queria que o tempo de permanência aqui fosse bem aproveitado e com muita diversão. Num primeiro momento, talvez seis dias pareça muito tempo. Mas, se bem aproveitado, esse período vai passar voando.

— Será que eu aproveitei bem o meu tempo Kairós com o meu avô?

Não sei por que perguntei aquilo. Abri a boca e simplesmente saiu. Sabe quando você se assusta ao ouvir a própria voz? Olhei para o Carlos, meio espantado, mas ele fez uma expressão compreensiva. Ele colocou a mão sobre o meu ombro, como se estivesse me encorajando a falar. Apesar de o Carlos parecer legal, era um completo estranho para mim. Mesmo assim, por causa da dor no peito que eu senti quando fiz a pergunta, resolvi falar o que estava me deixando agoniado desde a festa. Respirei fundo e fiz um resumão do meu primeiro semestre. Todas as confusões, brigas, cigarro... Quando me cansei e as palavras se esgotaram, ele me deu um sorriso acolhedor. Falei tanto que me deu até sede. Como tinha levado uma garrafinha d'água, dei um gole considerável. Senti o líquido escorrer pela garganta com um grande alívio.

— Entendi tudo. Foi a primeira vez que você conviveu com alguém doente na sua família, ainda mais uma pessoa que era tão importante pra você. Sobre a sua pergunta, se você aproveitou bem o tempo Kairós com ele, eu tenho absoluta certeza que sim. Ele te ensinou muitas coisas, e esse aprendizado vai ficar pra sempre. Todos esses sentimentos de revolta por se sentir impotente de parar com a doença dele acabaram provocando as confusões em que você se meteu. Foi a maneira que você encontrou de extravasar a raiva e a revolta. Não foi a melhor forma, claro, ninguém tem o direito de sair descontando os problemas nos outros. Mas você já consertou várias coisas! Parou de fumar, se dedicou mais aos estudos e pediu desculpas para as pessoas que magoou. Isso é muito válido.

— Eu tava querendo dançar ontem, sabe? — Notei que uma lágrima havia escapado e enxuguei com o dorso da mão. — Só faz duas semanas que ele foi embora. Como é que eu posso dançar e me divertir? É como se eu não ligasse pro que aconteceu.

— Não, Adolfo! Os seus pais te mandaram pra cá querendo justamente que você aproveitasse. Você passou por momentos delicados e sofridos. Não vai ser uma ofensa à memória do seu avô se dançar ou se divertir.

— Ele também era avô do Iuri. Mas o meu primo parece estar levando numa boa. Por que eu tenho essa dificuldade toda?

— Cada um reage de uma maneira. Não quer dizer que um está sofrendo mais do que o outro. Só que cada pessoa tem a sua forma particular de lidar com o luto. Você o conhecia bem... Ele ia gostar que você se isolasse e perdesse uma oportunidade dessas?

— Acho que ele ia me dar uma bronca daquelas! — falei, num misto de choro e riso. — Eu fiz uma pergunta achando que foi idiota, sobre o significado do nome do acampamento, e no fim das contas você me fez entender que o tempo Chronos do meu avô acabou, mas o tempo Kairós que eu passei com ele foi muito bom.

— Quando eu vi você isolado na festa ontem, entendi que tinha algum problema. Todos que vêm pro acampamento ficam empolgados com as atividades, mas você não parecia animado. Que bom que desabafou comigo.

— Vou ser bem sincero... Quando você sentou aqui perto e começou a falar, eu fiquei meio chateado. Eu não tava mesmo querendo conversar! — Ele riu do meu jeito e eu acabei rindo também. — Bem que o Iuri falou ontem que eu tava de marra. Foi bom desabafar. Me tirou um peso, sabe? Obrigado, Carlos.

Um sinal sonoro, tipo um sino, veio da casa principal, indicando que o almoço estava servido.

— Não tem o que agradecer... — Ele se levantou para ajudar um grupo do outro lado da piscina. — Conta comigo para o que precisar.

Voltei para o quarto e encontrei um dos garotos lá, que também tinha ido se trocar para o almoço. Eu ainda não tinha memorizado o nome dele, então resolvi baixar a guarda e tentar ser mais sociável. Dei uma espiada no crachá.

— Oi, Cristiano. Posso ir almoçar com você?

— Cl-claro... — Ele até se espantou. Pela reação do cara, minha fama de antipático já estava grande. — Eu estava indo agora mesmo.

Enquanto caminhávamos, resolvi quebrar o gelo.

— Você tem um sotaque diferente. De onde você é?

— Eu moro em São Bernardo do Campo, em São Paulo. — Ele sorriu. — Não vai fazer a piadinha se é biscoito ou bolacha?

— Não. Eu sei que o certo é biscoito. Tá escrito no pacote. — Ri para provocar. — O que não dá pra aceitar é comer pizza sem ketchup.

— Não vou cair na provocação... — Ele fez uma careta engraçada. — Tudo bem, eu comecei com isso. Você tá gostando daqui? Em São Paulo tem outros acampamentos, mas esse aqui é bem legal.

— É a minha primeira vez num acampamento, não tenho muito com o que comparar. Todos funcionam da mesma maneira? Com essas atividades e regras?

— Eu participo desde criança, especialmente das escolinhas de futebol. A diferença é que a maior parte dos acampamentos recebe grupos de escola ou de formatura, sabe? Aqui também, mas nas férias de julho e de verão é aberto pra qualquer pessoa. Por isso as atividades não são obrigatórias. Quando é grupo de escola é um pouco diferente. Além dos monitores do acampamento, tem os responsáveis da escola junto pra tomar conta da galera. Dependendo da escola, em alguns casos até vale nota.

— Ah, eu não sabia. A minha escola nunca fez essas coisas. Ainda bem, senão eu ia tomar um tremendo de um zero no boletim. O que você fez de manhã?

— Rolou uma gincana no tobolama. Foi bem engraçado. Por isso eu tomei banho antes de vir almoçar. Não tinha uma parte do meu corpo sem lambuzar de barro. Ainda bem que eu coloquei a roupa mais velha e surrada que tinha na mala. Acho que deu perda total.

Eu sorri e concordei com a cabeça. Não ia contar para ele que aquela era a atividade de que eu mais tinha debochado quando entrei no site do Kairós.

O refeitório estava cheio, e depois de algum tempo na fila do bufê segui o Cristiano até uma mesa. Todo mundo estava conversando sobre o campeonato brasileiro de basquete.

— O Adolfo joga muito bem — o Iuri comentou. — Já ganhou medalha e tudo. O meu primo é fera!

Aquele comentário surtiu um efeito enorme. Notei que a galera passou a me tratar diferente. Basquete era um dos meus assuntos favoritos, então foi fácil falar dos últimos jogos do campeonato e do desempenho dos atletas mais famosos. Aos poucos senti que os caras ficaram mais à vontade comigo e eu com eles. A conversa estava tão animada que se estendeu até depois do almoço, na grande varanda que circula a casa principal.

— Daqui a pouco vai rolar futsal. — Um garoto com cabelo moicano começou a dar soquinhos de brincadeira nos que estavam em volta. — Bora, galera? Eu vou mostrar pra vocês como realmente se joga bola. — Fez um ar convencido, provocando risadas.

— Hum, quero só ver, Cláudio! — o Cristiano provocou.

— Torce pra gente ficar no mesmo time, senão você vai perder feio.

Futebol não é muito o meu forte, mas eu me esforcei para participar. O ginásio estava cheio e tinha até torcida organizada. Haveria uma sequência de partidas, do time roxo contra o amarelo, as mesmas cores do acampamento. Como eu não tinha trazido nada, já que havia decidido que não participaria de coisa nenhuma, o Iuri me emprestou um par de tênis. Apesar de ele ser um pouco mais baixo, nós calçávamos o mesmo número. Foi a minha sorte, pois o meu não daria para jogar futebol. No sorteio, acabei caindo no time roxo, que perdeu de lavada para o amarelo. Apesar disso, não teve qualquer briga por pontos ou passes errados. Todo mundo só queria se divertir.

O clima era bem diferente do que eu estava acostumado. Relaxar era um verbo que eu não tinha aprendido a conjugar. Eu estava sempre competindo, como se precisasse provar o tempo todo que eu era o melhor. E era bem estranho ninguém querer ser melhor do que ninguém. Claro que tinha as provocações e brincadeiras, mas ninguém levava a sério.

— Vai rolar rodízio de pizza mais tarde! — O Carlos apareceu de repente, enquanto caminhávamos de volta para o alojamento.

— Tomara que tenha a minha preferida! — O Ricardo revirou os olhos e passou a mão na barriga. — Eu adoro pizza de calabresa.

— E eu de muçarela — o Cristiano opinou.

— Por falar em muçarela, por que pizza de calabresa de paulista não tem queijo? — o Iuri provocou. — Uma cobertura só na pizza é muita pobreza.

— O nome já diz! — o Cristiano defendeu. — É de calabresa, não de queijo com calabresa.

— Ridículo! — o Ricardo apoiou a tese do Iuri. — Pizza que é pizza tem que ter queijo.

— Ih, essa guerrinha de paulista e carioca me dá um sono... — O Cristiano fingiu bocejar.

Enquanto eles brincavam de debater as diferenças de costumes, o Carlos me puxou discretamente, me atrasando em relação aos demais.

— Que bom que você resolveu se enturmar, Adolfo! — Ele me deu um tapinha nas costas.

— Graças ao nosso papo. Eu resolvi transformar o meu tempo Chronos em Kairós. — Senti que fiquei vermelho. Esse é um tipo de coisa que raramente acontece comigo, mas não me senti tão desconfortável assim com a novidade. — Já que estou aqui, vou me esforçar pra aproveitar.

— Muito bom! Você tomou a decisão certa. Se por acaso sentir que vai ter uma recaída, ou seja, se pintar uma tristeza, eu tenho uma dica de exercício pra te dar.

— Exercício?!

— Você não vai ter que correr nem fazer polichinelo, nada disso. — Ele riu da minha cara confusa. — Se você notar que está triste, fique um tempinho sozinho, feche os olhos e respire tranquilamente. Tente lembrar de algum momento em que estava feliz, empolgado com alguma coisa. Tente reviver essa cena na sua mente, como se fosse um filme. Faça isso até se sentir feliz e empolgado como você estava.

— Entendi. Mas no que isso vai me ajudar?

— Se você ficou feliz e empolgado uma vez, isso quer dizer que é capaz de se sentir desse jeito novamente. Pensou em coisas chatas e tristes? Mude logo de pensamento, coloque um momento seu bem legal na cabeça. Em minutos você vai sentir que melhorou.

— Tudo bem. Eu prometo que, se isso acontecer, vou tentar fazer.

— Tenho uma reunião com os outros monitores agora. Até mais!

Quando entrei no quarto, o Kaio falava das garotas que tinha conhecido nas atividades.

— Cada uma mais gata do que a outra. — Ele fez uma espécie de dancinha que queria dizer o quê? A dança da vitória?

— Deve ser até monótono ter um monte de meninas aos seus pés... — o Iuri lamentou, sem conseguir disfarçar a inveja.

— Só toma cuidado pra não sair iludindo todas e provocar confusão entre as meninas. — O Ricardo fez uma expressão preocupada enquanto pegava uma roupa limpa na mala.

— Tá falando isso por quê, gordinho? Queria estar no meu lugar, né? — o Kaio alfinetou, fez cara de deboche e continuou com a tal dancinha.

— Você é meio doido, hein? — Com ar preocupado, o Ricardo ficou bravo num estalar de dedos. — Ontem eu falei que tava com vergonha de dançar por ser gordinho e você me defendeu. Agora tá usando o mesmo argumento pra me provocar? Qual é a sua?

— Opa, opa, opaaaa! Nada de confusão aqui. Esqueceram do regulamento? — O Cristiano ficou no meio dos dois. —

E olha aqui, Kaio. Na moral, eu gosto de você. Até curto o seu canal, já assisti vários vídeos seus. Mas eu tenho uma irmã aqui no acampamento e eu vi você de conversinha com ela. Acho bom que ela não esteja incluída aí no motivo da sua dancinha. Enquanto for só amizade, beleza. Se eu perceber que você está iludindo as meninas com esse papo de "sou famoso, mas aqui eu sou igual a todo mundo", não vou pensar duas vezes e dou queixa de você pra administração.

— Que é isso, galera? — Ele fez cara de espanto e levantou os braços, na defensiva. — Foi só uma brincadeirinha, pô. Relaxa, Ricardo. Desculpa. Não te chamei de gordinho pra te ofender. E não tô iludindo ninguém não, Cristiano. Você não vai precisar fazer queixa nenhuma. Só quero me divertir, nada mais que isso.

— Vamos organizar logo a ordem do uso do banheiro? — o Iuri forçou uma mudança de assunto. — Não tô a fim de chegar atrasado pra pizza.

Acho que todo mundo entendeu que era para encerrar o papo. O Iuri, o Kaio e o Ronaldo foram para o banho, já que são três compartimentos no banheiro coletivo. O Ronaldo era o último cara do meu quarto que faltava eu guardar o nome. Fiquei com o Cristiano e o Ricardo esperando a nossa vez. Foi melhor assim. Já pensou se os dois fossem com o Kaio? Do jeito que tinham ficado com raiva, se bobear iam afogar o garoto na privada.

— A gente precisa tomar cuidado com o Kaio... — o Cristiano sussurrou. — Ele tá muito acostumado a ser bajulado. Tava cheio de charminho pra cima da minha irmã, a Sheila. E ela, claro, toda se derretendo.

— Eu sou filho único, então não entendo muito essas paradas de irmãos... Será que isso não é ciúme? — Tentei entender o clima pesado que de repente tomou conta do quarto. O Kaio parecia ser legal e, por causa da fama dele, de repente podia estar rolando um tipo de competição. E de competição eu entendia muito bem. Tinha me metido em várias encrencas meses antes.

— A minha irmã é um ano mais velha do que eu, mas ela é muito infantil. Pra cair na conversa de tipos como ele é muito fácil. — O Cristiano continuava nervoso.

— Ele não vai poder fazer nada além de conversar com a sua irmã, Cristiano... — O Ricardo colocou a mão no ombro dele. — Eu sei que eu me ofendi rápido. É que eu tô cansado de ser chamado de gordinho o tempo todo. Não entra na pilha. Eu vou tentar relaxar. Tenta você também.

— Você tá certo. — Ele deu um sorriso forçado para o Ricardo. — Acho que fiquei realmente com ciúme da minha irmã... — O Cristiano se virou para mim e deu de ombros. — Não vamos estragar o dia, que foi tão divertido, certo?

Quando fomos para o refeitório, o clima já estava mais descontraído. Como nem todos participaram das atividades juntos, todo mundo começou a contar o que tinha feito no dia. A pizza estava uma delícia, assim como tudo o que era servido no Kairós.

Já que era um rodízio, os monitores levaram a palavra ao pé da letra. Todo mundo ia trocando de mesa, e com isso acabei conhecendo várias pessoas do Brasil inteiro no acampamento: Brasília, interior de Minas Gerais, Nordeste.

Depois de comermos, os grupos se separaram. Alguns foram para a biblioteca, outros para o salão de jogos e outra parte para o cineclube. Preferi acompanhar um grupo que foi tocar violão e cantar no varandão da casa principal. Eu não sabia tocar, mas tinha muita vontade de aprender. Tinha gente espalhada pelo chão, pelos bancos, e eu fiquei encostado no parapeito, observando o céu enquanto ouvia os acordes. O céu estava limpo e muitas estrelas brilhavam. Era até estranho prestar atenção nelas; eu não estava acostumado. Foi então que percebi quanto eu realmente estava precisando de um tempo em um lugar como o Kairós. Estava finalmente começando a me acostumar. E dentro de algumas horas seria o meu aniversário... Se for verdade mesmo que esse negócio de astrologia funciona, o que será que as estrelas reservavam para mim?

27 DE JULHO
DIA 3
FABI

Meu aniversário! Eu simplesmente amo comemorar meu aniversário!

Acordei antes de todo mundo, andei na ponta dos pés até o banheiro e tomei uma ducha quente bem gostosa. Coloquei uma das roupas que tinha comprado especialmente para o meu dia. Por mais que eu estivesse de short e camiseta, queria me sentir bonita nos primeiros momentos dos meus catorze anos. Quando voltei para o quarto, as garotas fizeram guerra de travesseiros comigo! Eu estava crente de que todo mundo ainda estava dormindo e tomei um tremendo susto. Ri tanto que a barriga até doeu. Cada uma me deu um beijo e um abraço bem forte e nós combinamos de nos encontrar no refeitório para o café da manhã. Eu tinha uma missão muito importante logo cedo e disparei para a administração.

Todos que fazem aniversário durante a temporada ganham uma mochila com praticamente todos os produtos Kairós que são vendidos na lojinha. Fui depressa pegar a minha. Estava ansiosa demais para receber o meu presente. Só que eu acho que corri demais e entrei feito um furacão na recepção. Um garoto estava saindo e por muito pouco a gente quase se atropela. Sorri para ele, como num pedido de desculpas.

A recepcionista me entregou a mochila e eu não conseguia me aguentar de tão feliz. Era linda, e de um modelo que dá para usar em qualquer ocasião. Abri rapidamente para ver o que tinha dentro. Duas camisetas, bloquinhos, canetas, chaveiro, entre outras coisinhas. Mas o que me deixou mais feliz foi encontrar a caneca roxa com a ampulheta do Kairós desenhada. Eu adoro canecas, especialmente para tomar chocolate quente. Tenho uma coleção, de diferentes modelos e cores.

Quando saí da recepção, encontrei o garoto do lado de fora. O tal que eu quase atropelei. Na minha ansiedade, eu não tinha reparado direito nele. Era alto e com os braços bem definidos, quase musculosos. Ele estava com a mesma mochila nas costas. Sorriu para mim e eu automaticamente sorri de volta.

— Eu não te derrubei por uma fração de segundo. Por favor, me desculpa — ele disse.

— Eu ia falar a mesma coisa! — Tive que rir pela coincidência. — Pelo visto os dois estavam com pressa.

— Engraçado... Hoje é o terceiro dia de acampamento, mas é a primeira vez que eu te vejo. E olha que ontem a gente ficou até fazendo rodízio de mesa no jantar! — Ele passou a mão pelo cabelo, como se o gesto tivesse o poder de fazê-lo se lembrar. — O meu nome é Adolfo. Qual o seu?

— Fabiana! Mas pode me chamar de Fabi. — Baixei rapidamente os olhos e notei que estava sem meu crachá. Na correria de ir logo pegar o presente, esqueci de colocar.

— Feliz aniversário. — Ele sorriu, se inclinou e me deu um beijo de leve no rosto.

— Feliz aniversário pra você também, Adolfo! — Puxei o garoto num abraço e depois senti o rosto esquentar de vergonha. O meu gesto tinha sido espontâneo demais com alguém que eu tinha acabado de conhecer.

Ele me olhava de um jeito divertido. Bom, "divertido" é a definição mais próxima que consegui num primeiro momento. Ele sorria não só com os lábios, mas com os olhos também. Nós caminhamos calados até a bifurcação que separava os dois alojamentos. E, claro que eu, com a minha boca enorme, quebrei o silêncio com um convite inesperado.

— Eu vou guardar a mochila e vou pro refeitório. As minhas amigas já devem estar me esperando. Você não quer tomar café na nossa mesa? Vai ser divertido. Eu adoro comemorar o meu aniversário, fico totalmente empolgada. E já que também é o seu... nós podemos comemorar duplamente. A não ser que você já tenha planos...

— Percebi que você está quase elétrica com o aniversário. — Ele continuava com a expressão divertida. O que isso queria dizer, afinal? — Quem sabe essa animação toda não é contagiosa? Eu vou adorar tomar café com uma garota que faz aniversário no mesmo dia que eu. Uma garota tão bonita e tão bem-humorada a esta hora da manhã.

Senti que fiquei vermelha de novo. Não tem nem cinco minutos que o conheço e ele já me fez corar duas vezes. Eu, hein?! Preferi fingir que não notei a leve cantada.

— Te vejo então na porta do refeitório. Eu não demoro.

— Até daqui a pouco. — Ele deu uma piscadinha e foi na direção do alojamento masculino.

Quando entrei no quarto, as meninas já tinham ido para o refeitório. Aproveitei para pegar o crachá e dar uma conferida no meu visual. Tudo parecia normal. Por que será que o tal de Adolfo ficou me olhando daquele jeito? Eu me senti como se estivesse em um daqueles vídeos fofos de internet, sabe? Quando as pessoas ficam com aquela cara divertida olhando para a tela? Que troço estranho. Ah, deve ser pela coincidência do aniversário e pelo quase atropelamento. É isso.

Quando cheguei, ele já estava me esperando na porta do refeitório. Fomos para a fila do bufê e pegamos suco de laranja, pão de queijo e bolo de milho. Aprontei para a mesa em que as minhas amigas estavam e, quando nos sentamos, um do lado do outro, senti uns olhares intrigados delas, especialmente da Mariana.

— Oi, meninas! Esse aqui é o Adolfo e eu o convidei pra tomar café com a gente. Hoje é aniversário dele também. Não é legal?

Elas sorriram e se apresentaram, dando os parabéns.

— Obrigado! Preciso confessar que é a primeira vez que eu tomo café da manhã com tantas garotas em volta. Não que eu esteja reclamando, muito pelo contrário! — O comentário provocou risadinhas nelas. — Você também está fazendo catorze anos, Fabi?

Ele mordeu um pão de queijo e eu não pude deixar de reparar que, além dos braços fortes, ele tinha mãos grandes. Mas o que está acontecendo, gente? Acordei com essa nova habilidade de sair medindo mentalmente as pessoas? Especialmente garotos que eu acabei de conhecer?

— Estou sim! Que horas você nasceu, Adolfo?

— Minha mãe me contou que foi às nove e meia da noite.

— Mentira! — Eu estava chocada. — Eu nasci na mesma hora, só que de manhã.

— Leoninos... — a Joyce comentou, com cara de quem sabe tudo sobre signos. — Líderes, apaixonados e irresistíveis...

A danada da Joyce acabou de dar uma indireta? Foi isso mesmo que eu notei? Ela deu um sorrisinho muito suspeito quando falou "apaixonados e irresistíveis".

— Hum, eu sou isso tudo, é? — brinquei, fazendo cara de metida.

— Somos, Fabi... — o Adolfo também brincou e me deu um sorrisinho maroto.

— O seu nome parece meio antigo... — A Akemi fez uma expressão engraçada enquanto tomava um gole do suco de laranja. — Você é o primeiro Adolfo que eu conheço na vida.

— Tá dizendo que o meu nome está fora de moda? — Ele riu e engasgou com o comentário.

— Ai, nãããooo! — Ela deu um tapinha na própria boca, fazendo todo mundo rir. — Eu e essa mania de não filtrar o que eu falo.

— Hahahaha! Eu tava te provocando. Você não é a primeira pessoa que comenta, relaxa. Eu herdei do meu avô. Sou Adolfo Neto. Então você não tá completamente errada. É meio antigo, sim. Ele me contou que recebeu esse nome por causa do significado, que é lobo nobre ou guerreiro feroz.

— Eita, Nossa Senhora! Leão e lobo na mesma pessoa — a Carol falou de um jeito tão abismado que todo mundo caiu na risada. — Você é uma pessoa brava, nervosa?

— Um pouco... — Ele fez uma careta, apertando os olhos. — Já fui meio estourado e tô tentando controlar. Digamos que eu sou um lobo mais manso. — Riu. — Mas sou bem determinado com as coisas que eu quero, o lado guerreiro do nome. Talvez seja uma mistura do nome com o signo, pelo visto. E você, Fabi? Sabe o significado do seu nome?

— Fava que cresce... — Não pude evitar revirar os olhos. — Esquisito, eu sei. Mas tem outro significado que é bem mais legal. Simboliza a prosperidade, então digamos que eu sou uma pessoa sortuda.

— Ah, mas é sortuda mesmo! — A Mariana bateu palmas. — Afinal de contas, você ganhou esta temporada num sorteio.

— Verdade! — Imitei as palmas da Mariana. — Eu tava louca para vir pra cá e a sorte conspirou a meu favor. Ganhei as melhores férias, as mais desejadas!

— Nossa, você concorreu num sorteio? Jura que você estava querendo vir pra cá tanto assim? — O Adolfo fez uma cara intrigada.

— Eu sonhava com o minuto em que iria colocar os pés aqui. Você não?

— Claro, claro... — Ele sorriu meio desconcertado, como se estivesse sendo obrigado a concordar. — Uau, parabéns! Não lembro de ter sido sorteado em nada.

— Eu já! — A Carol riu. — O professor de história sorteou quem ia começar a apresentar o trabalho e tchãrããããã! Carolzita na área!

— Nossa! Esse sorteio eu não quero ganhar não, obrigada!

— Tô querendo ir pra piscina depois. Vocês não querem me acompanhar? — o Adolfo perguntou para todas, mas notei que ele olhou mais insistentemente para mim.

— O sol está bem mais forte hoje. Mas ainda não me decidi — respondi.

— Você prometeu que iria pra piscina comigo hoje, Fabi... — Senti a Mariana me dando um chutinho de leve por baixo da mesa. Ela estava com uma expressão estranha, tentando disfarçar com um sorriso meio torto. — Promessa é dívida. Não interessa se é seu aniversário hoje.

— Concordo com a Mariana — o Adolfo me provocou. — Prometeu, tem que cumprir. A piscina deve estar uma delícia hoje. Já que você disse que o seu nome significa ser sortuda, eu fiquei sabendo que dá sorte tomar banho de piscina no dia do aniversário.

Ele tossiu de um jeito forçado, provocando risinhos nas meninas.

— Ãhã. Sorte, né? Tudo bem, vocês venceram. Assim que todo mundo acabar o café, vou até o alojamento colocar a roupa de banho.

Conversamos mais um pouco sobre as coisas do acampamento e seguimos para os quartos. Quando estávamos quase chegando, a Mariana me puxou num canto e cochichou:

— É esse, Fabi! Esse é o meu crush! — Ela estava empolgada.

— Oi?! Não entendi.

— O Adolfo! Lembra que eu falei dele ontem? O garoto que estava na espreguiçadeira do outro lado da piscina?

— Ah, era ele? — Senti meus olhos se arregalarem. — Não reconheci, desculpa. Só lembrava que ele era bem alto.

— Pelo visto você é o crush do meu crush... — Ela fez um bico de contrariedade.

— Que nada! A gente se esbarrou na recepção na hora de buscar o presente. Foi uma coincidência de aniversários, só isso. Aí eu o chamei pra tomar café. O seu crush parece ser legal.

— Ai, que droga! Ao mesmo tempo em que eu quero ir pra piscina, tô com vergonha das minhas estrias no bumbum. Será que o Adolfo vai reparar?

— Poxa, Mariana. O dia tá tão bonito! Agora nós já combinamos com ele. Se isso fizer você se sentir mais segura, coloca a canga por cima e só tira disfarçadamente na hora de entrar na água.

— Bem pensado. Vou fazer isso.

Troquei de roupa pensando na coincidência da coisa. Eu sinceramente tinha dúvidas se o Adolfo estava demonstrando algum interesse por mim. Ele era simpático, me olhava de um jeito diferente, mas era muito pouco tempo para saber. E a Mariana já estava de olho nele bem antes. Que cilada... Eu não queria que ela ficasse chateada comigo.

As outras garotas preferiram participar de atividades no lago. Quando entramos no parque aquático, o Adolfo estava na mesma espreguiçadeira do dia anterior. Pelo visto, além de ser pontual, já tinha definido aquele como o seu lugar preferido.

— Que bom que vocês chegaram. Eu estava doido pra cair na água. Vamos? — Ele tirou os óculos escuros e colocou numa mesinha bem ao lado da esteira, com uma garrafinha.

— Prefiro ficar um pouco aqui fora... — a Mariana despistou e eu já sabia o motivo. — Vai você, Fabi.

Olhei para ela meio sem saber o que fazer. Ela sorriu, como se estivesse me encorajando a entrar. Entendi o recado.

Deixei a canga em uma das espreguiçadeiras ao lado da do Adolfo e, para evitar micos desnecessários de mergulhar e cair de barriga, usei a escadinha lateral. No início a água parecia fria, mas aos poucos o corpo foi se acostumando com a temperatura. Estava bem gostosa! Apesar de lamentar mentalmente por ter lavado o cabelo assim que acordei, afundei com vontade.

Desde criança, eu sempre tive mania de olhar para as pernas das pessoas embaixo d'água. E, com essa novidade dos catorze anos, ou seja, minha nova habilidade de medir garotos que acabei de conhecer, notei que as pernas do Adolfo eram bonitas.

— Você é daqui do Rio mesmo? — ele perguntou assim que eu me encostei na beira da piscina.

— Sou, mas moro em Volta Redonda.

— Interior?

— Ãhã. Região Sul-Fluminense, pra ser mais exata. Estourando, umas duas horas e meia de viagem, já que o trânsito nem sempre colabora. Você conhece a minha cidade? E você, onde mora?

— Já ouvi falar, mas nunca fui pra Volta Redonda. O meu máximo de turismo aqui no Rio foi Petrópolis e Teresópolis. Eu sou daqui mesmo. Moro na Tijuca, um bairro na zona norte.

— A minha melhor amiga mora nesse bairro! Eu estive na Tijuca faz pouco tempo. Fui pra casa dela assistir ao show do Dinho Motta. O prédio dela fica a uma quadra do clube.

— Eu fui nesse show! — Ele me olhou, espantado. — Eu curto muito as músicas dele. Que engraçado saber que você estava no mesmo lugar. Já viu a quantidade de coincidências entre nós dois?

— É verdade! — concordei. — Chega a ser engraçado.

— Mas uma coisa eu não entendi, Fabi... Como você consegue ter uma melhor amiga que mora tão longe? Como foi que vocês se conheceram?

— Ah, nos conhecemos desde pequenininhas. A Thaís é de Volta Redonda também, só que mudou pro Rio faz uns sete meses. A gente mata a saudade pela internet, se fala todo dia. Adoramos ler e sempre comentamos os livros, além das fofocas naturais de amigas. E você? Tem um melhor amigo?

— Eu tinha. Só que a gente brigou. Até voltamos a nos falar, sabe? Mas não é a mesma coisa de antes. Espero um dia reatar a amizade do jeito que era.

— Poxa, que pena! É chato brigar com alguém. Tomara que vocês consigam ser melhores amigos de novo um dia. E o que você gosta de fazer? Ai, credo! Parece que eu tô te entrevistando. Uma pergunta atrás da outra. Desculpa.

— Hahaha! Relaxa. É assim que conhecemos as pessoas, não é? Fazendo perguntas. Você é divertida. Bom, eu gosto de jogar basquete. Sou do time do colégio.

Eu começava a entender por que ele parecia bem desenvolvido para a idade. Estava diante de um atleta quase profissional. E o único esporte que eu pratico com louvor é correr de uma barata quando ela aparece.

— Acho legal praticar esportes, mas tenho pouca coordenação motora. Confesso que sou daquelas que só fazem as aulas de educação física do colégio. Acho que é mal de família. A minha mãe sempre me diz que, quando ela tinha a mesma idade, era do mesmo jeito. Toda atrapalhada.

— Já que você tocou no assunto família, não acha estranho passar o aniversário longe de casa? — Ele pareceu um pouco triste.

— Claro que estar perto da família é legal, mas eu não acho estranho. De dois anos pra cá eu aprendi a ver as coisas de outra maneira.

— Como assim?

— O meu pai morreu há dois anos e meio.

— Poxa, eu sinto muito! — Ele instintivamente tocou o meu braço, que estava apoiado na beira da piscina, mas imediatamente se retraiu quando viu um dos monitores passando perto da piscina. — Desculpa... — sussurrou. — Eu não queria que ele tivesse uma má impressão com essas regrinhas bestas daqui.

— Eu entendi. — Sorri e achei fofa a preocupação dele. — Claro que eu sinto falta dele. Eu gostaria muito que ele estivesse comigo pra comemorar o meu aniversário. Mas aprendi a ressignificar tudo isso.

— Ressi... o quê?

— Ressignificar. Dar um novo significado. — Respirei fundo, lembrando do passado. — A morte parece uma coisa muito pesada. É triste pensar que a gente nunca mais vai ver aquela pessoa que ama tanto. Eu fiz terapia um tempo. E aprendi uma coisa que me ajudou bastante. Passei a imaginar que ele só viajou. Ou que mudou de casa, mas a passagem é muito cara e eu não posso visitar agora. — Eu ri da minha comparação. — Foi assim que eu consegui administrar a tristeza. Eu gosto de comemorar o meu aniversário desde que me entendo por gente, sabe? Mesmo sendo no meio das férias escolares e com metade dos amigos viajando. E eu tenho certeza que ele não ia gostar que eu ficasse triste numa das minhas datas favoritas do ano.

— Ressignificar. Eu entendi o que você quis dizer. Eu preciso aprender a fazer isso, então... — Ele me olhou no fundo dos olhos de uma maneira que até me tirou o ar. — O meu avô foi embora há duas semanas, e eu acho que ele também ia gostar que eu me divertisse.

— Sinto muito, Adolfo. Claro que dói no início, mas confia em mim. Fica a saudade, as boas lembranças. E você merece se divertir, sim. Quer ver algo bem divertido? Fingir que não é bem mais alto e atlético do que eu e me deixar ganhar a aposta.

— Aposta?!

— De quem chega do outro lado da piscina primeiro! — provoquei e dei um grande impulso para ganhar distância dele.

Inventei a competição para quebrar o clima. Senti que aquele era um assunto delicado para ele e quis alegrá-lo. Cheguei ao outro lado completamente esbaforida. Meu coração batia tão acelerado que parecia que ia sair pela boca. Fazia um tempo que eu não nadava. Ele chegou tranquilo, segurou na borda da piscina e ajeitou o cabelo molhado para trás.

— Fingi bem? — Ele fez aquela já conhecida expressão divertida.

— Acho que a Mariana é que não está conseguindo fingir a empolgação.

O Kaio estava sentado na espreguiçadeira em que eu tinha deixado as minhas coisas e conversava animadamente com ela. O Adolfo fez um sinal com a cabeça para voltarmos para lá e nós nadamos calmamente até a outra borda.

— Feliz aniversário, Fabi! — O Kaio mandou um tchauzinho.
— Não esquece que você me prometeu o primeiro pedaço de bolo, hein?

— Não vai querer o meu bolo também, Kaio? — o Adolfo falou, num tom um tanto debochado.

— Verdade! Parabéns, brother. A galera quer almoçar com você, já que você sumiu na hora do café. Sumiu não, preciso me corrigir... Tinha companhias mais bonitas que os marmanjos do alojamento. — Sorriu para a Mariana, que devolveu o sorriso com a típica cara de fãzinha. — Assim que tocarem o sino, encontra a gente. Você saiu com tanta pressa que nós nem conseguimos te cumprimentar direito.

— Tudo bem. Podem me esperar.

— Tô indo nessa. Vou lá pras bandas do salão de jogos. Prazer em te conhecer, Mariana. — Ele tomou uma das mãos dela e deu um beijo, o que a deixou com mais cara de abobalhada do que nunca.

Enquanto o Kaio andava na direção da casa principal, o Adolfo o acompanhou com o olhar. Se ele estava tentando disfarçar que estava meio contrariado, não conseguiu nem um pouquinho. Será que era ciúme porque ele estava conversando com a Mariana? Será que eu estava atrapalhando o crush dos dois? Eu, que até estava me divertindo, senti a maior insegurança. Resolvi sair da piscina com a desculpa de pegar algo para beber e praticamente obriguei o Adolfo a fazer companhia para ela.

Amarrei a canga na cintura e fui até a cantina pegar um suco. Beberiquei bem devagarinho, enquanto observava os dois de longe num papo animado. Que droga. Ele parecia ser bem legal, mas a Mariana o viu primeiro. Atrasei minha volta para a piscina de propósito, para que ela pudesse conversar mais com o Adolfo. Até que um grupo puxou uma conversa sobre o videokê que teríamos à noite. Papo vai, papo vem, só me dei conta de como demorei naquele suco quando anunciaram o horário do almoço. Olhei para a piscina e vi quando o Adolfo se levantou, pegou as coisas dele e foi na direção do alojamento masculino. Com certeza ia se trocar para encontrar os amigos. Acenei para a Mariana, que foi ao meu encontro.

— E então? — puxei assunto enquanto caminhávamos para o alojamento. — O que você achou do Adolfo? Ele é o que você esperava?

— Ele é incrível! — Ela suspirou. — Mas ficou bem claro que ele gosta é de você, Fabi.

— Mas ele fez uma cara bem esquisita quando o Kaio beijou a sua mão.

— Eles são colegas de quarto. O Adolfo me contou que, apesar de achar o Kaio legal, os garotos pensam que ele tá se aproveitando da fama para dar em cima de todas as meninas ao mesmo tempo. Disse pra eu tomar cuidado.

— Viu? Ficou com ciúme.

— Acho que não, Fabi... — Ela fez cara de desolada. — Pareceu cuidado de irmão mais velho.

— Irmão mais velho como? Vocês têm a mesma idade! — Tive que rir.

— É só jeito de falar. Eu tenho um irmão mais velho, e ele se comporta dessa mesma maneira comigo.

— Eu notei que o Adolfo está jogando charme pra mim desde que a gente se conheceu, mas e se ele for igual ao Kaio? Um conquistador que está com medo da concorrência? Ficou claro que o Adolfo se sentiu incomodado com a presença do Kaio naquela hora. Eu realmente fiquei confusa.

— Acho que o Adolfo não é esse conquistador que você pensa. Eu prestei atenção em vocês dois na piscina. Ele te olhava de um jeito diferente. E, como eu tenho observado o Adolfo desde o primeiro dia, notei que ele estava meio sozinho, sabe? Isolado. Ficou quieto na festa e eu não o vi conversando com outras garotas, só com um dos monitores. Você é a primeira menina que eu vi com ele por mais tempo.

— Uau. Você realmente tem prestado atenção nele. E eu só o vi hoje, como pode? Ainda acho que você está enxergando coisa que não existe, Mariana. Nos divertimos na piscina, só isso. E nem foi tanto tempo assim.

Ela parou na minha frente, me impedindo de andar, para que eu prestasse atenção.

— Você não vê a quantidade de coincidências? Vocês fazem aniversário no mesmo dia!

— Milhões de pessoas fazem aniversário hoje. — Ri de novo.

— Mas as outras pessoas não estão aqui no Kairós. Aproveita, Fabi. Ele é o maior gato!

— Aproveitar o quê, meu Deus? — Eu não conseguia parar de rir, mas senti que era aquele tipo de riso provocado por um nervosismo pra lá de esquisito. — Esqueceu que a gente não pode namorar nem ficar aqui no Kairós? Quer que eu seja expulsa? Além do mais, ele mora no Rio e eu a mais de duas horas de distância. Lembra que eu falei que não queria me envolver? Só quero me divertir, Mariana. Não inventa romance onde não existe... — Apertei suas bochechas e a puxei para o alojamento, tentando encerrar aquela conversa.

Um pouco depois, quando chegamos ao refeitório, o Adolfo estava na maior animação na mesa com o Kaio e outros garotos. Peguei a comida e puxei as meninas para uma mesa um pouco mais distante. Um medo inesperado e maluco fez o meu estômago embrulhar. Logo eu, a mais comilona de todas. Não. Eu não ia me permitir ficar daquele jeito. Respirei fundo várias vezes seguidas e me sentei de costas para a mesa dele. Não queria saber dessa história de ficar a fim de ninguém. Mesmo que ele fosse o dono dos braços e pernas mais bem definidos que eu já tinha visto. Para, Fabiana... Para de fazer medições mentais, garota... Respira. Respira...

Quando acabamos de almoçar, me virei lentamente para ver se o Adolfo ainda estava no refeitório. Ele já tinha saído com os outros. Uma parte de mim se sentiu aliviada, já que minha cabeça estava confusa. Outra parte queria justamente o oposto, ou seja, continuar a conversar com ele.

Assim que saí do refeitório, a Rebeca me entregou uma folha de papel.

— Olá, aniversariante do dia! — Ela me deu um abraço. — Acabou de chegar pra você.

> **De:** Lílian Araújo
> **Para:** Acampamento Kairós
> **Assunto:** Aniversário Fabiana Araújo
>
> Oi, filha!
>
> Feliz aniversário, meu amor!
> Preferi mandar e-mail, pois se eu telefonasse iria virar uma manteiga-derretida, com saudade da filhota. Nada de chororô neste dia tão especial, né?
> Que o seu dia seja maravilhoso e cheio de coisas boas! Divirta-se muito nesse lugar onde você tanto queria estar. Eu vi fotos no site e a sua carinha está muito feliz. Rodeada de gente bonita e num lugar lindo. Aproveite bastante, faça muitos amigos e colecione um milhão de histórias para recordar. Você, mais do que nunca, merece curtir esse paraíso.
> Te amo!
>
> Beijos da mamãe coruja,
> Lílian

Ownnn, que linda a minha mãe! Acho que foi o primeiro e-mail que eu recebi dela em toda a minha vida. Ela quis evitar o chororô, mas e as lágrimas que teimavam em querer cair? Eu também te amo, mamãe coruja... muito!

27 DE JULHO
DIA 3
ADOLFO

Fabi. O sorriso dela ficou o dia inteiro grudado na minha cabeça, desde aquele quase atropelamento na administração. Segundos antes de entrar na recepção, eu me lamentava mentalmente por não ser capaz de responder a questionários idiotas de revistas femininas e nunca ter me apaixonado antes. E a vida veio na forma de um cupido brincalhão, me deu um tremendo chute no peito e mostrou que eu estava errado.

Apaixonado? Sei lá. Essa palavra é forte demais para um sentimento por uma garota que eu conhecia fazia poucas horas. Digamos que eu me *impressionei* bastante com ela, mais do que com qualquer garota que eu tenha conhecido antes. E olha que eu já conheci garotas bem gatas! Ela é bonita, mas é muito mais que isso. Quando senti o cheiro do cabelo dela, me deu um arrepio pelo corpo todo. E, por causa dessa sensação maluca, eu queria rir desde o primeiro segundo em que pus os olhos nela. Por que a vontade de rir? Sei lá, ué. Coisa da cabeça da gente que não tem explicação. Quanto mais eu tentava segurar o riso, mais fascinado ficava pelo jeito dela. Falante e brincalhona... Delicada e forte ao mesmo tempo.

Quando a Fabi contou que tinha passado a enxergar a morte do pai de outra forma, eu fiquei muito impressionado. Ela falou de um jeito tão tranquilo, tão seguro... Será que eu estaria com aquela alegria e disposição para comemorar o meu aniversário na mesma situação? Se ficar sem o meu avô já estava sendo difícil demais, eu não queria nem pensar se fosse o caso do meu pai. Sei que eu vim para o acampamento sentindo muita raiva dele. Qual filho nunca brigou com o pai, não é mesmo? Este ano foi um pouco além do normal, eu sei, mas eu o amo e sei que ele também me ama.

Depois da piscina eu não consegui mais ver a Fabi. Pena que foi tão pouco tempo. Eu queria ter ficado muito mais. Até a procurei no refeitório, mas os caras me arrastaram para uma gincana. Estavam todos muito empenhados em me agradar por causa do aniversário e eu não queria decepcioná-los. Até que foi bem legal. Eu já estava mais entrosado e decidi deixar rolar e me divertir. Depois nós fomos andar de bicicleta por toda a extensão do acampamento. Era realmente grande! Como eu tinha resolvido ficar só na área da piscina por dois dias, não fazia ideia do tanto de verde e de lugares incríveis do Kairós. Demos uma volta no lago e, quando devolvemos as bicicletas, já estava quase na hora do jantar.

Como falaram que ia rolar bolo de aniversário, corri para me arrumar, porque seria a hora em que eu ia encontrar a Fabi de novo. Como eu estava de birra quando arrumei a mala, não tinha levado roupas tão legais, mas tentei achar a melhorzinha. Aproveitei para usar o casaco vermelho, já que tinha esfriado.

Ganhei várias curtidas quando postei uma foto com ele, então era um bom incentivo. Enquanto aguardava os garotos acabarem de se arrumar, fiquei encostado na cama, pensando em tudo o que tinha rolado no dia. Realmente aquele estava sendo o aniversário mais diferente de todos!

— Adolfo, eu não acredito! Nossa, me desculpa, primo! — o Iuri gesticulou, nervoso, e abriu a sua mala correndo.

— Desculpa por quê?! — Até tomei um susto, de tão concentrado que estava em meus próprios pensamentos.

— O presente do tio Bernardo, cara. — Ele revirou as coisas e, entre camisetas e cuecas, encontrou um envelope. — O meu tio pediu pra te entregar hoje. Acabei esquecendo.

— Uma carta? — Olhei intrigado para o envelope e peguei com a ponta dos dedos. — Aquelas cuecas estão limpas? — Tive que zoar.

— As sujas estão num saco plástico, palhaço.

— Nunca vi ninguém dar uma carta de presente de aniversário. Será que tem dinheiro dentro?

— Sei lá. — Ele riu. — Mas ele falou que era muito importante que eu entregasse hoje. Era pra eu ter feito isso logo no café da manhã. O tio Bernardo falou várias vezes e eu quase esqueci. Você sumiu de manhã logo cedo, então acabei esquecendo. Bom, vê aí o seu presente que eu vou lá acabar de me arrumar. Tô varado de fome! Vou devorar tudo o que tiver naquele bufê hoje!

O restante dos garotos finalmente saiu do banheiro para se arrumar. Enquanto um zoava o outro por causa das atividades da tarde, o Kaio foi catar todas as coisas dele que estavam espalhadas pelo quarto. Nisso os monitores eram muito rígidos. A limpeza era de responsabilidade do acampamento, mas isso não significava que a gente podia se comportar feito porcos imundos. Tudo deveria estar em ordem e muito bem guardado. E as regras também valiam para o famosinho do alojamento. Ele arrumava tudo de cara amarrada. Eu fiquei sabendo que ele andou de pedalinho com a Fabi. Uma parte de mim até que gosta do cara. Mas sei lá. Ele é simpático demais, atencioso demais, sorridente demais. Tudo *demais*. Eu pensava que era implicância do Cristiano, mas resolvi ficar ligado no jeito dele. Especialmente por causa da Fabi.

Deixei o Kaio para lá e abri o tal envelope. Não tinha nem sinal de grana dentro, muito menos de um vale-presente de alguma loja de que eu gosto. Confesso que bateu uma decepção. Eu já estava vendo um tênis novinho na minha frente. Tudo o que tinha dentro eram duas folhas de caderno. Reconheci a letra do meu pai e, curioso, comecei a ler. E, a cada frase, eu sentia que os meus olhos se enchiam de lágrimas.

> Meu querido Adolfo!
> Espero que já esteja mais calmo e aproveitando a agitação do acampamento. Queria dar um abraço bem apertado no meu filho único pelo dia de hoje. Mas vou ter que segurar a saudade e fazer isso quando te buscar no fim da temporada.
> Uma carta como presente de aniversário parece bem estranho. Eu queria te contar o motivo de ter te mandado para o acampamento. Preparado para a grande revelação? Há vinte e cinco anos, quando eu era um adolescente rebelde de catorze anos, o seu avô me mandou para o Kairós como uma forma de punição.
> Pois é... Eu estive aí também. Surpreso? Tenho certeza que sim. Pelas fotos que eu vi na internet, tudo

ficou muito melhor com o passar dos anos. E já era muito bom antes, pode acreditar.

    Quando eu tinha exatamente a sua idade, aprontei um monte de bobagens e deixei o seu avô furioso. Ele era legal, você sabe muito bem disso. Mas quando ele ficava bravo... Nossa, ninguém segurava o homem! Quando vi que você estava indo pelo mesmo caminho, fazendo praticamente as mesmas besteiras que eu fiz, me veio a ideia: e se eu te mandasse para o Kairós?

    Se eu te conheço bem, estou vendo a sua expressão contrariada. "Ah, é, senhor Bernardo? Quer dizer que veio todo cheio de moral pra cima de mim, me dando bronca, quando também aprontou um monte?" Consigo até mesmo ouvir a sua voz! Eu não queria perder a minha autoridade de pai, né? Fui duro com você, eu sei. No fundo, eu fiquei admirado como as coisas se repetem. E entendi quanto eu deixei o seu avô maluco quando senti na minha própria pele! Ah, o velho Adolfo! A saudade dele é enorme.

    Três semanas antes de ele falecer, contei a minha ideia. Apesar de fraco por causa da doença, ele deu uma sonora gargalhada no hospital, provocando risos nas enfermeiras. Ele achou a ideia brilhante. "Que se repita a história... vai ser bom para o meu neto." Aliás, foi ele quem fez questão de pagar para você estar aí. Foi o presente de aniversário dele. A sua mãe sabia e concordou em manter tudo em segredo.

    Assim como você, eu fiquei revoltado, achando que estava recebendo o maior dos castigos. Como o acampamento é cheio de regras. O meu pai achou que eu sairia mais disciplinado ou algo do tipo. O que ele mal sabia era que estava me mandando para o lugar mais divertido e incrível de toda a minha adolescência! E sabe o que mais aconteceu? Eu me apaixonei pela primeira vez na vida.

 Diferente de você, que já ficou com algumas garotas, eu nunca tinha namorado antes. Quando vi a Cecília, com aquele jeito meigo e lindos cachos loiros, eu sabia que nunca mais a esqueceria. Passamos momentos incríveis juntos no Kairós. Como o namoro já era proibido desde aquela época, tudo era completamente platônico. Na saída do último dia, trocamos telefones e conversamos por horas durante vários dias seguidos. Até que finalmente marcamos de ir ao cinema e comemos pizza depois do filme. O namoro começou naquele mesmo dia e durou seis meses. Parece pouco tempo Chronos, mas o tempo Kairós do namoro foi incrível. (Se você não entendeu o que eu quis dizer, vá até a biblioteca ou pergunte para algum monitor.)

 Eu não queria te influenciar com a minha história, mas será que o seu primeiro amor também está no acampamento? Seria mais uma coincidência, além da rebeldia dos catorze anos? Mesmo que a garota dos seus sonhos não esteja aí, espero que você encontre o maior dos amores que podemos ter: o amor por nós mesmos. Parece meio brega, mas é a mais pura verdade. Quando a gente se ama de verdade, tudo parece possível e mais fácil. Aproveite as oportunidades para se divertir! Conheça

> pessoas, desafie os seus limites e venha com todo o gás para o segundo semestre.
> Feliz aniversário, filho!
> Te vejo dentro de poucos dias.
>
> Beijos do seu pai,
> Bernardo
>
> P.S.: Sua mãe está mandando beijos e dizendo para você não esquecer de passar protetor solar.

Como assim? A temporada de inverno é um presente de aniversário do meu avô? Então eu estou no lugar em que ele realmente queria que eu estivesse? Respirei fundo, enxuguei as lágrimas e reli a carta. Era inacreditável. Eu praticamente me proibi de aproveitar os dois primeiros dias, pois me sentia culpado. E era um último desejo dele! E que história a do meu pai, hein? O danado escondeu tudo direitinho. Ainda bem que o Iuri demorou para me entregar. Se eu tivesse lido antes de conhecer a Fabi, talvez a carta realmente tivesse me influenciado. Mas eu não sabia de nada, não fazia a menor ideia.

Os garotos continuavam se zoando e eu aproveitei a distração deles para lavar o rosto e disfarçar a cara de choro. Conferi no espelho e os olhos tinham ficado um pouco irritados, mas nada que chamasse muita atenção.

— E aí? Fiquei curioso! Tinha grana no envelope? — O Iuri entrou no banheiro.

— Não tinha. Mas era uma coisa muito mais valiosa — respondi, fazendo suspense.

— O tio Bernardo vai finalmente te dar um iPhone igual ao meu?

— Hahahaha! Não.

— Hum. Já vi que não vai me contar. — Ele fez uma careta de indignado, para logo em seguida abrir um sorriso e cochichar. — O dia hoje foi bem maneiro, viu? Quando você decidiu parar de marra, percebeu que pode ser bem legal vir pra cá.

— Você tinha razão. Pelas duas coisas. Por eu estar de marra e por ser bem legal ficar aqui. Desculpa se eu fui chato. Vou tentar ser um primo mais legal.

— Relaxa. Eu sei o motivo. O vô Adolfo. Eu também fiquei triste, mas a tristeza não vai trazer ele de volta. Ele tá muito bem agora, sem dor, seja lá onde ele estiver. Eu sei que ele tá num bom lugar. Bora jantar? O pessoal já tá pronto.

Fomos para o refeitório e, de novo, não consegui encontrar a Fabi naquele mundão de gente. Os garotos me puxaram para uma mesa lateral, todos empolgados com os jogos de basquete que iam rolar no dia seguinte. Claro que eu iria participar! Conheci outros caras e o papo seguiu bem animado por um tempo, até que anunciaram que teria bolo de aniversário de sobremesa. Foi a maior gritaria! Quase não consegui ouvir o meu nome quando chamaram pelo alto-falante. Fui para perto do bufê e a Fabi já estava lá. Éramos os únicos aniversariantes do dia e, pelo que fiquei sabendo, de toda a temporada.

Ela estava linda, de jeans e um casaco cor-de-rosa, que combinava com suas bochechas. Ela sorriu para mim e eu não consegui me conter. Dei um abraço forte nela, o que gerou uma sequência de "aêêêêê" e "uhuuuu" da galera. Foi um baita sacrifício ter que soltá-la.

A gerente do Kairós, ajudada por alguns monitores, entrou no salão empurrando uma mesa de rodinhas. No centro dela, um bolo enorme decorado e com um monte de velas acesas. Todo mundo começou a cantar parabéns e a Fabi batia palmas, empolgada. Toda aquela multidão em volta me deixou um pouco tímido, mas comecei a bater palmas também. Até que ela me puxou para mais perto e segurou a minha mão com força.

— Vamos soprar juntos? — sugeriu.

Não consegui responder, apenas sorri. Quando sopramos as velas, ela instintivamente apertou minha mão com mais força ainda, e o calor que vinha dela era intenso. Mas aposto que ela nem percebeu o contraste com a minha mão fria, pois logo em seguida a soltou para bater palmas novamente. A Fabi era realmente o exemplo mais vivo da empolgação.

Ao lado do bolo tinha uma espátula, e a Fabi se adiantou para cortar um pedaço. Ela segurou o pratinho com as duas mãos e me olhou.

— É a primeira vez que eu faço aniversário com alguém. Ainda mais num lugar onde eu queria muito estar. É um sonho tudo isso aqui. Eu quero que o primeiro pedaço de bolo seja seu, Adolfo.

Sorri sem jeito, passei o dedo na cobertura de marshmallow e provei. Estava delicioso. Deixei o pratinho na mesa e imitei o seu gesto. Peguei a espátula e, meio desajeitado pela falta de prática, parti um pedaço. Entreguei a ela, que ficou na ponta dos pés e me deu um beijo no rosto.

Claro que a galera em volta ficou soltando piadinhas. Mas, quando o pessoal do bufê começou a partir o bolo para distribuir, logo se esqueceram da gente pela ansiedade de ganhar um pedaço.

— Como foi o resto do seu dia? — Eu realmente estava curioso para saber onde ela tinha estado durante toda aquela tarde.

— Fui para a aula de ritmos com as garotas. Foi muito divertido. Ontem eu fiz aula de zumba. Hoje era hip-hop, funk, salsa... E você?

— Participei de umas gincanas doidas e andei de bicicleta. Foi bem legal.

— Só vou te perdoar por não ter recebido o primeiro pedaço de bolo se aceitar ser a minha dupla no videokê.

Olhei para trás para ver quem interrompia a nossa conversa: o Kaio. Estava sorridente demais enquanto a encarava. Parecia fingir que eu nem estava ali.

— Nossa, mas eu canto mal pra caramba! — Ela caiu na risada. — Tem certeza que quer pagar um mico desse tamanho cantando comigo?

— Além do bolo de aniversário, é tradição Kairós que os aniversariantes cantem no videokê. Não tem como escapar, mocinha. Mas, como sou um perfeito cavalheiro, vou deixar que você escolha a música.

— Ai, essa não! — Ela continuava com aqueles risinhos típicos das fãs do Kaio. — Tudo bem. Desafio aceito. Eu só espero que o posto médico tenha remédio suficiente pra dor de ouvido. Vai ser uma desafinação só!

— Não tem uma só pessoa que cante bem nesse negócio, relaxa. Eu te encontro mais tarde no salão de festas...

Ele limpou com o polegar a cobertura que tinha ficado no queixo da Fabi e lambeu o dedo. Ela ficou vermelha na hora e ele se fingiu de desentendido. O Kaio sabia muito bem que qualquer garota reagiria assim e fez de propósito. Antes de sair, se virou para mim, como se não tivesse feito nada de mais.

— Parabéns de novo, Adolfo. O seu bolo tá bom pra caramba.

A minha vontade foi de esfregar um pedaço de bolo inteiro na cara daquele folgado. Cheguei a ficar com a garganta seca de tanta raiva. Eu tinha prometido para mim mesmo que não ia mais me meter em confusão, mas sentia o sangue ferver. Eu precisava urgente encontrar um meio-termo. Ou sempre acabava em briga, ou eu me sentia um perfeito idiota por não reagir, como naquele momento.

— Você ouviu, né, Adolfo? — A Fabi chamou minha atenção.

— Ouvi o quê? — Tentei ao máximo suavizar a voz para ela não perceber minha irritação.

— Que os aniversariantes têm que pagar mico no videokê. Você é bom cantor?

— Sempre rola esse tipo de coisa nas festas de Natal da minha família. É uma vergonha atrás da outra. Mas, pra ser bem sincero, eu não sei se canto bem. Quem avalia e aplaude no final já está cheio de vinho na cabeça, então eu não sei se dá pra confiar.

— Vamos ter a prova hoje! Afinal de contas, todos aqui vão estar sóbrios. Mas, antes do constrangimento público, simbora pra mais um pedaço de bolo?

— Só se for agora!

O salão de festas estava arrumado de forma parecida com a da outra vez. Só que, além do telão destinado às letras das músicas, grandes enfeites em forma de notas musicais e microfones estavam colados nas paredes.

Como já era esperado, algumas pessoas se adiantaram no processo vergonhoso de cantar mal pra caramba. Mas, como num acordo coletivo, ninguém foi vaiado ou algo do tipo. Por mais desafinada que a pessoa fosse, era aplaudida. A ordem principal era se divertir.

Depois de umas quatro ou cinco músicas, eis que o Kaio surge no palco com a Fabi. Senti os dedos doerem. Eu tinha fechado as mãos com força, como se quisesse mentalmente socar a cara do sujeito. Da inicial admiração pelo youtuber famoso, já começava a realmente me incomodar com ele. O som do Rappa tocou e a Fabi começou a cantar "Pescador de ilusões". Ela fazia parte do coro dos desafinados, mesmo assim não deixava de ser linda.

> Se por alguns segundos eu observar
> E só observar
> A isca e o anzol, a isca e o anzol
> A isca e o anzol, a isca e o anzol.

Todo mundo batia palmas e cantava junto. Até que o Kaio assumiu o refrão.

> Valeu a pena, ê ê
> Valeu a pena, ê ê
> Sou pescador de ilusões
> Sou pescador de ilusões.

Não sei se essa é a mensagem original da música, mas, se foi realmente a Fabi quem escolheu, não poderia ter feito melhor. Realmente esse Kaio jogava a isca e o anzol e aquelas garotas bobas caíam direitinho. Olhei em volta e todas davam gritinhos histéricos. Senti o sangue ferver de novo, como tinha acontecido na hora do bolo. Eu não estava acostumado a ter que me controlar. Precisava aprender a ser estratégico. Se ele tinha as armas dele, eu iria encontrar as minhas. Se eu realmente iria continuar a tradição romântica do Kairós que o meu pai havia começado, precisava arrumar um jeito de jogar o adversário para escanteio. Mas como?

Depois que eles acabaram de cantar, aconteceu o inesperado. A Fabi me chamou no palco.

— Eu não vou ser a única aniversariante a passar vergonha não. Pode vir pra cá, Adolfo.

A galera começou a aplaudir e a gritar o meu nome. Os caras do alojamento começaram a me empurrar em direção ao palco e eu não tive como fugir! Senti as pernas tremerem, e, assim que subi as escadinhas laterais, a Fabi me deu um beijo no rosto.

— Coragem, leonino. Honre o nosso signo.

— Eu vou ter que rugir?! — brinquei.

— Você entendeu muito bem! — Ela me deu um soco de leve no braço. — Seja autoconfiante e domine esse palco.

Respirei fundo e olhei a lista de canções disponíveis. Uma delas era simplesmente perfeita. Era a maior indireta, mas eu tinha que arriscar. Dei o sinal para o monitor avisando qual eu tinha escolhido, e "Eu não imaginava", do Dinho Motta, começou a tocar. Apesar da letra romântica, o ritmo era um pop rock com bastante guitarra, marca registrada dele. A galera vibrou e aplaudiu muito mais do que eu esperava. Pelo jeito eu tinha acertado na escolha. Minhas mãos tremiam, então eu resolvi colocar o microfone no pedestal. Não queria correr o risco de ele ir parar no chão com o meu nervosismo.

Eu não imaginava
Que ele um dia ia mirar em mim
Ele quis me provar que eu errava
Ao supor que ele era um simples querubim.

O tal deus cupido me flechou de perto
E deixou meu destino incerto
Abandonando meu coração aberto.

Eu não imaginava
Que seria desse jeito
E eu me perguntava
Será que a mágica tem duplo efeito?

Eu não imaginava
Que ia te querer do sul ao norte
Não quero mais contar com a sorte
O amor me tornou mais forte.

Eu não imaginava
Que seria desse jeito
Todo amor é geralmente aceito
Já posso enxergar nosso futuro perfeito.

Todo mundo batia palmas e cantava comigo. Será que eu estava mesmo mandando bem? Eu não percebi essa agitação toda com os que cantaram antes de mim. No início eu senti a voz falhar, mas depois relaxei e curti o momento. Até que foi divertido! Eu me concentrei ao máximo na letra da música, que aparecia no telão. Se eu tentasse encontrar a Fabi no meio da galera, além de errar, ia dar o diploma definitivo da indireta.

Quando terminei, senti a garganta seca e um frio no estômago ao mesmo tempo. A galera toda me deu parabéns e eu desci do palco ainda sem acreditar que tinha tido coragem de cantar aquela música. Eu precisava urgentemente matar a sede e, depois de receber uns tapinhas nas costas por onde passava, fui para a entrada do refeitório ver o que tinha para beber.

Precisava de algo quente para ver se aquela sensação de frio no estômago passava. Era a primeira vez que eu notava aquela máquina automática. Bastava apertar o botão correspondente e ter chocolate quente. Mas não tinha copinhos descartáveis.

— Cada um tem que trazer o seu próprio copo ou caneca.

Olhei para trás e a dona da voz sorriu para mim.

— Oi, Fabi. Eu não sabia... — Olhei decepcionado para a máquina.

— É pra ser ecológico ou algo assim. Eu tava indo pro alojamento pegar aquela caneca que nós ganhamos hoje, que está dentro da mochila.

— Hum, boa ideia! Bateu a maior vontade de tomar um chocolate quente. Vou lá pegar a minha também.

— Nos vemos daqui a pouco!

Minutos depois, estávamos os dois bebericando chocolate quente na caneca roxa do Kairós. Outras pessoas tiveram a mesma ideia por causa do frio, e vários grupos se espalharam pela grande varanda da casa principal. Além dos monitores, claro. Eles não tiravam os olhos da gente um só minuto.

— Você cantou bem, Adolfo! Estava preocupado à toa.

— Que bom que você gostou. Até que foi divertido.

— É uma das minhas músicas favoritas do Dinho Motta. É incrível o jeito como ele toca guitarra. É o máximo!

— E a letra? — resolvi arriscar.

— O que tem ela?

— Você acredita em amor à primeira vista, cupido, essas coisas?

Ela parecia hipnotizada pelo conteúdo da caneca. Por alguns segundos, nem chegou a piscar.

— Não sei. — Deu um sorrisinho indefinido, finalmente saindo daquele transe.

— Que sorrisinho foi esse? — provoquei.

— Ah... É que eu nunca conversei sobre isso com um menino.

— Desculpa...

— Não. Eu tô gostando. — Ela, que olhava fixamente para a caneca, levantou os olhos devagar para ver minha reação. — Você acredita?

— Em cupido? Naquele menininho de asas? Acho que não. Mas o amor à primeira vista é tema de tantos filmes e músicas que ele deve existir, sim. Ou alguma coisa parecida com isso.

Ela continuava com o olhar fixo no conteúdo da caneca. Acho que na verdade não estava querendo me encarar. Diferente do que aconteceu durante todo o dia, demonstrando ser totalmente expansiva, de repente ela se retraiu. Droga! Eu nunca sei quando estou forçando a barra. Além de ter cantado a música com a maior indireta do mundo, querer debater a letra já era passar dos limites do bom senso. Eu não queria deixar a garota sem graça, então achei melhor mudar de assunto.

— Já tem programação pra amanhã? À tarde vai rolar gincana de basquete. Se você quiser assistir...

— Vou sim, claro. Fiquei curiosa pra ver se você joga bem mesmo... — ela provocou, para rir em seguida. — Pode deixar que eu vou torcer bastante.

— Prometo não te decepcionar.

— Adolfo, eu adorei o nosso aniversário. Foi muito legal mesmo! Mas eu tô supercansada. Acho que vou voltar pro alojamento. Até vai rolar uma baladinha depois do videokê, mas os meus olhos tão pesando uma tonelada. Prefiro descansar pra amanhã.

— Já terminei o meu chocolate. Foi bom pra esquentar. Acho que eu vou dormir também. Adorei ter a sua companhia hoje e comemorar com você. Foi muito bom te conhecer.

— Eu também adorei te conhecer... — Ela sorriu de forma tímida, o que a deixava ainda mais linda. — Boa noite. Feliz aniversário, Adolfo.

— Feliz aniversário, Fabi... — Dei um beijo de leve no seu rosto. — Durma bem. Até amanhã.

Enquanto via a silhueta dela desaparecendo na iluminação fraca, senti um sorriso no meu rosto ao me lembrar da carta do meu pai e das coincidências da vida...

28 DE JULHO
DIA 4
FABI

De novo acordei antes de todo mundo. No dia anterior foi por causa da ansiedade pelo meu aniversário. E agora porque não conseguia parar de pensar no tanto de coisas que aconteceram! O relógio na parede do quarto mostrava que ainda era cedo, então resolvi ficar um pouco mais na cama. As meninas ainda dormiam, e eu não queria fazer barulho. Ajeitei as cobertas, afofei os travesseiros e, ao mudar de posição, acabei de frente para minha bagagem, especialmente para minha mochila do Kairós. Na mesinha de cabeceira que dividia com a Laura, a caneca roxa com a ampulheta desenhada.

Adolfo. Eu não conseguia definir o que sentia por ele. Um quase esbarrão, medições corporais que eu não podia evitar dentro da minha mente, a música do Dinho Motta e, por fim, o chocolate quente. Eu notei que ele estava realmente mexendo comigo quando não consegui encará-lo nessa hora. Ele falava sobre a música e eu segurava a caneca com as duas mãos, como se ela tivesse o poder de me proteger daquela sensação nova. Entre um gole e outro da bebida quentinha, eu olhava para dentro da caneca como se alguma resposta para o que eu estava sentindo pudesse vir de lá como num passe de mágica. E, por falar em mágica...

> Eu não imaginava
> Que seria desse jeito
> E eu me perguntava
> Será que a mágica tem duplo efeito?

Por que será que ele escolheu justamente essa música? Um lado egocêntrico meu, que eu desconhecia até poucas horas antes, entendeu que ele tinha cantado para mim. Será que o cupido provocou um *duplo efeito* em nós dois? Será que aquele quase atropelamento na recepção do acampamento tinha sido provocado pelo tal menininho de asas?

Minha reflexão foi interrompida por um grito histérico da Carol.

— Tem uma lagartixa gigaaaante na minha coberta! Ahhhhh!

Foi um tremendo corre-corre! A Carol jogou a coberta longe e se enfiou no banheiro. A Mariana e a Joyce correram atrás dela e bateram a porta gritando também. A Jéssica, monitora-chefe do alojamento, entrou com cara de apavorada.

— Meninas, o que está acontecendo?

— Pelo escândalo que a Carol deu, tem uma lagartixa monstro na coberta dela! — A Laura, sonolenta ainda e esfregando os olhos, apontou para a direção do amontoado de pano que tinha se formado no canto do quarto.

A Jéssica revirou os olhos e deu um sorriso debochado. Saiu rapidamente do quarto, voltou com luvas descartáveis e inspecionou a coberta.

— Era esse o monstro que ia engolir vocês? — Estendeu a mão segurando a lagartixa, que balançava o rabinho freneticamente.

— Eca! — foi a nossa vez de dar um grito.

— Parem de frescura, garotas. — A Jéssica caiu na gargalhada. — Isso é bem típico de quem mora em apartamento. Não pode ver um bichinho que já se apavora. Tô com vergonha de vocês, hein? Lamentável.

A Jéssica saiu do quarto com a lagartixa na mão e nós batemos na porta do banheiro para chamar as garotas de volta.

— Aquele jacaré já foi capturado? — A Carol mal colocou o nariz pela fresta.

— A Jéssica pegou a lagartixa com a mão e levou a bicha embora. — A Akemi fez cara de quem ia vomitar.

— Que nojo! — A Mariana tremeu toda.

A Jéssica, já sem as luvas descartáveis, voltou para o nosso quarto se acabando de tanto rir.

— Aquela bicha era enorme! Chegava a fazer peso na coberta. — A Carol estava quase chorando. — Ela tinha um baita cabeção e eu acordei com ela me encarando. Você matou aquela coisa asquerosa?

— Matar? Por quê? Ela faz um serviço pra natureza comendo mosquitinhos. Aliás, foi pra lá que ela voltou, pro habitat dela. Mas que escândalo, hein? Vocês são centenas de vezes maiores do que ela. — A Jéssica pegou a coberta que estava no chão. — Vou mandar lavar e pedir para uma das camareiras entregar outra pra você.

— Achei engraçado você ter luvas descartáveis para esses casos — comentei.

— Esse escândalo por causa de insetos já é típico por aqui. Já foram uns quatro desde o primeiro dia, só que vocês não perceberam. Tenho pena de matar desde quando eu era criança e salvava os bichinhos das maldades dos garotos da minha rua. Bom, já deu por hoje, né? — Ela colocou as mãos na cintura e balançou a cabeça, ainda rindo da gente. — Daqui a pouco está na hora do café e tem arvorismo hoje. Vocês não queriam participar, meninas?

— Eu quero ir sim, Jéssica, obrigada. Eu estou inscrita — respondi. — Já vamos nos arrumar.

Desde o primeiro dia eu tinha me inscrito no arvorismo com a Carol. A lista de espera era tão grande que eu só consegui vaga para o quarto dia de acampamento. Justo a medrosa de bichinhos ia ter coragem de andar em pontes suspensas? Ô, vida doida!

Quando a Jéssica saiu do quarto, me joguei na cama e não consegui controlar a gargalhada.

— Do que você tá rindo tanto, Fabi? — A Akemi me olhava intrigada.

— Eu moro em casa. Tá certo que eu odeio barata, especialmente as malditas voadoras. Mas estou acostumada com lagartixa, besouro, mariposa, sapo e coisas do gênero. Só não faço igual à Jéssica. Pegar com a mão já é um pouquinho demais.

— Me lembra de nunca te visitar? — A Carol já estava mais calma e começou a rir também.

— E qual vai ser a diferença daqui? Nós estamos no meio do mato! Aqui tem árvore pra todo lado, seria normal aparecer bichos. Ou vocês não imaginavam coisas desse tipo? Quando eu fiz atividade no lago, vi várias mariposas.

— Só que no acampamento tem quem mate ou resgate esses bichos asquerosos — a Carol tentava defender a tese dela. — Na sua casa eu só vou contar com você pra me socorrer. Prefiro morar em prédio. Eu chamo o zelador e tá tudo resolvido.

— Eu também prefiro... — A Laura fez uma cara travessa. — Mas, neste exato momento, eu prefiro escolher uma punição para a Carol, por ela ter acordado a gente com esse susto tremendo.

— Laura sendo perversa... — A Joyce assentiu e colocou as mãos na cintura. — Tô gostando desse seu ladinho vingativo.

— Ai, não... — A Carol se encolheu na cama, pegou o travesseiro e o fez de escudo.

— Guerra de travesseiros já teve ontem com a Fabi. — A Akemi fingiu um ar de mistério. — Que tipo de guerra essa garota escandalosa está merecendo?

— Guerra de cosquinhas! Atacar! — a Laura deu a ordem e todas partimos para cima da Carol.

Uma das melhores coisas de um quarto coletivo são essas *guerrinhas*. Foi um festival de risadas, o que foi bom para acalmar os ânimos.

Eu já estava terminando o café da manhã quando percebi a Mariana olhando para a entrada do refeitório. Mesmo com os óculos, que dessa vez eram de armação verde, não dava para esconder atrás o pisca-pisca frenético de quando uma garota observa um menino de quem está a fim. Curiosa, segui o seu olhar e entendi que se tratava do Adolfo. Ele conversava com os colegas de quarto e não nos viu. Com aquela confusão toda, eu havia esquecido temporariamente que justo o Adolfo tinha sido o dono dos meus primeiros pensamentos do dia. Ele estava de camiseta branca, que realçava bem o seu bronzeado. A gente não tinha nada em comum além de ter nascido no mesmo dia e de ter compartilhado um bolo de aniversário. Mas eu me sentia traindo a Mariana. Ela era uma garota muito legal, e disputar atenção de meninos com ela não estava nos meus planos.

Quando o Adolfo e seus amigos foram para uma mesa do outro lado do refeitório, respirei aliviada. Desde o dia anterior eu tinha percebido essa divisão maluca nas minhas vontades. Uma parte de mim queria cumprimentar, outra achava melhor eu me afastar para evitar problemas. Depois do café, voltei para o alojamento a fim de colocar uma legging e tênis, além de pegar um elástico para prender o cabelo para a atividade.

Era um total de vinte pessoas agendadas para aquela manhã. Além de mim e da Carol, a Laura tinha feito inscrição. As outras garotas preferiram a cama elástica.

— Fabi, eu te escolhi pra usar o capacete com a câmera — a Rebeca falou, toda empolgada. — Você vai filmar a atividade.

— Como assim?

— Você sabe que todas as atividades são fotografadas e filmadas para o nosso site, certo? Como você é uma pessoa tranquilinha, acho que não vai soltar palavrão ou algo do tipo na filmagem.

— Hahahaha! Peraí. Deixa ver se eu entendi direito... Você está dizendo que eu, a novata do arvorismo, que nunca andou nisso na vida, vai filmar a atividade pra centenas de pessoas assistirem na internet?

— Isso, garota esperta! Viu como você é inteligente? — Ela me deu uma piscadinha. — Filmar uma pessoa que já fez não tem a menor graça. O legal da coisa é mostrar alguém se aventurando. Afinal de contas, esse é um dos lemas do acampamento: se permitir ultrapassar limites.

— Mas vai ser uma tremenda vergonha! — Eu me apavorei. — Ai, bateu um medo de subir nesse negócio.

— Que medo nada. — Ela riu. — Você vai usar o equipamento de segurança e eu vou estar logo atrás de você. Não tem erro.

Além do cinto e do capacete, você vai usar as luvas especiais pra não machucar as mãos na travessia, por causa dos cabos. Você vai tirar de letra!

Entendi que não tinha muita escolha. Pela empolgação da Rebeca, eu deveria me sentir honrada por ter sido a eleita da manhã para usar o capacete especial.

O monitor responsável pelo arvorismo disse que, por causa da nossa faixa etária, somente três tipos estavam disponíveis: a ponte com tábuas de madeira, a de pneus e a tirolesa final. Existiam outras modalidades com graus de dificuldades maiores, mas só eram permitidas no acampamento de verão, com a turma mais velha.

Por causa do tal capacete com câmera, acabei me afastando da Carol e da Laura para receber explicações. Elas preferiram ir na frente com os outros monitores. A Rebeca me deu as instruções finais e falou para eu simplesmente esquecer da câmera, pois assim ficaria mais natural. Eu pensei que seria impossível esquecer dela, mas, assim que subi e me posicionei para atravessar a primeira ponte, que era a de tábuas, só conseguia pensar no quanto ventava lá em cima.

Eu não imaginava que aquele negócio balançaria tanto! Exigia a máxima força nos braços e pernas para a gente se equilibrar. Se não fosse o cinto de segurança para dar a certeza de que não ia me esborrachar no chão, eu nem tinha tentado. As três primeiras tábuas foram as mais difíceis, pois você quer só olhar para baixo. Depois eu parei por um momento, respirei fundo e olhei a paisagem em volta. Era fantástica! Senti o vento no rosto, e uma coragem incrível tomou conta de mim. Depois disso, apesar do balanço natural da ponte, consegui vencer o primeiro desafio. Era demais!

Achei a dos pneus mais fácil, pois eu senti que tinha como apoiar melhor os pés. A parte mais maluca foi a da tirolesa. Ir de uma ponta à outra em segundos foi como voar. Eu já tinha visto na internet trajetos maiores, passando por cima de lagos. Aquela foi mais simples, mas nem por isso deixou de ser emocionante.

— Eu não disse que você ia amar? — A Rebeca vibrava enquanto me ajudava a tirar o equipamento. — A sua filmagem vai ficar ótima na edição.

— Poxa! Que maldade eu não poder ver! Só quando eu sair daqui...

— Nem adianta fazer beicinho de chantagem que não vai rolar, dona Fabiana. Não podemos abrir nenhuma exceção.

— As meninas nem me esperaram... — Olhei em volta e nada delas.

— Eu até que achei bom — a Rebeca falou de um jeito engraçado.

— Por quê?

— Eu queria falar com você em segredo.

Como da outra vez que conversamos, na saída dos pedalinhos, ficamos por último e andamos devagar de volta para a casa principal.

— Eu vi você e o Adolfo tomando um chocolate quente tão romântico ontem... Os dois aniversariantes, cada um com a sua caneca, que bonitinhos!

Senti o rosto queimar.

— Romântico? — Eu me fiz de desentendida. — Você está vendo coisas, Rebeca.

— Eu sei que vocês dois estavam comportadinhos, relaxa. Não estou falando pra pegar no pé, falar de regulamento ou dizer que estava vigiando. Eu só disse que achei realmente que tava rolando um clima bem bonitinho entre vocês.

— Eu não vou mentir que ele mexe comigo de alguma maneira que eu não sei explicar direito. E eu só o conheço há vinte e quatro horas! Estou bem confusa.

— Confusa por quê?

Resolvi me abrir com ela. Falei que tinha sentido algo diferente desde o primeiro momento. Que a Mariana teve um crush nele primeiro, que eu me sentia traidora, além da distância geográfica que nos separava.

— Eu não falei que aqui tudo era intenso? — Ela suspirou. — Tudo parece pra sempre, né? E esse *pra sempre* foi um dia só. A vida pode ser bem louca. Uma loucura adorável, não?

— Loucura mesmo! — Senti as mãos suadas e as esfreguei nervosamente na camiseta. — Em apenas um dia um monte de coisa aconteceu. É como você falou. Eu demoraria, sei lá, pelo menos um mês pra viver tudo o que eu vivi ontem.

— Eu sou estagiária e não quero que falem que estou incentivando os acampantes a quebrarem as regras por aqui. Eu amo este lugar! Quero muito um dia ser monitora. Mas não podia deixar de falar com você. Lembra que eu contei que as árvores do Kairós já tinham ouvido muitas juras de amor? — Ela olhou para cima e eu a imitei. Os raios de sol passavam entre as folhas, e passarinhos voavam num zigue-zague colorido.

— Algumas dessas juras foram suas. Estou certa? — arrisquei.

Ela parou no meio do caminho, levou as mãos ao rosto e não conseguiu conter o riso.

— Está certíssima. Mas eu não vou falar mais nada.

— Que injustiça! Poxa, eu te contei tudo. Não vale.

— Na hora certa você vai saber. Prometo! — Ela cruzou os dedos, os beijou como num juramento e nós voltamos a caminhar devagar. — Por agora eu só quero que você preste atenção no que eu vou te falar. Eu me enxerguei em você ontem, eu vi a Rebeca dos meus quinze anos. Por isso eu notei de cara que tinha algo especial no ar. Assim como você, eu fiquei com medo. E, todas as vezes que eu deixei o medo me dominar, perdi oportunidades incríveis. Se você voltar numa próxima temporada, por mais que seja sensacional, não vai ser a mesma experiência. Mesmo que encontre muitas das pessoas que estão aqui hoje, passado um ano ou dois, todo mundo muda muito. Mudamos o tempo todo. Você está me entendendo?

— Acho que entendi o que você quer dizer, Rebeca. Até pouco tempo atrás eu gostava de coisas que hoje não são mais importantes pra mim. Ou até mesmo acreditava em coisas que não fazem o menor sentido hoje.

— Pode ser só um crush relâmpago de acampamento, uma impressão, uma atração física irresistível ou quem sabe até o nascimento de um sentimento maior. Mas, seja o que for, aproveite o momento. Se você perceber que é correspondida, converse com ele, faça amizade, crie laços. Troquem telefone.

— Eu deixei de falar com ele hoje de manhã de propósito — lamentei.

— Hoje é o quarto dia de acampamento. Num piscar de olhos a temporada acaba e sabe-se lá quando você vai ter outra chance. Não faça isso com você. Se não der certo, não deu, fazer o quê? Mas se permita viver isso.

Parei de andar e comecei a rir. Ela me encarou intrigada e olhou em volta.

— Tô esperando você me contar o que tá engraçado. Quero rir também.

— Eu tô rindo de mim. Da vida.

Ela continuava a me encarar e colocou as mãos na cintura. Sua expressão estava hilária, e eu ria mais ainda. A típica risada nervosa fora de hora.

— Se uma coisa demora pra acontecer, a gente reclama — comecei a filosofar. — Ficamos ansiosos pela demora, xingamos, o tempo parece não passar nunca. Queremos tudo logo, tudo rápido, não queremos esperar nada! E, quando a vida vem, acelera o ritmo e algo acontece muito depressa, a gente fica ainda mais ansiosa e reclama que não estava preparada.

— Seja bem-vinda ao Kairós, o templo sagrado do tempo e das oportunidades. — Ela sorriu, levantou o rosto para o céu e deu uma rodadinha, com os braços erguidos na direção das árvores. — Você é quem vai decidir, Fabi... Se vai usar o poder do tempo a seu favor ou não. Está nas suas mãos.

— Entendi... — Enfim o acesso de riso maluco tinha parado. — Você parece uma anjinha da guarda. — Eu a abracei forte.

— Own! Você é que é uma fofa.

Eu me despedi da Rebeca e voltei para o alojamento. Queria colocar bermuda e camiseta para a parte da tarde. Estava fazendo um calorzinho gostoso, e a legging esquentava um pouco. Quando entrei no quarto, encontrei a Mariana sozinha. Ela estava passando chapinha no cabelo e usava óculos de armação preta, para combinar com a camiseta.

— Uau. Essa produção toda é pra qual evento que eu não tô sabendo? — brinquei. — O seu cabelo ficou ótimo.

— Obrigada! — Ela sorriu, satisfeita. — Não é sempre que eu tenho paciência de usar. Mas achei que valia o esforço.

— Hum... Aí tem... Vai me contar?

Eu perguntei, mas preciso dizer que estava com medo da resposta. Ela desligou a chapinha e deu uma última conferida no espelho.

— Senta aqui comigo, Fabi. Preciso te contar uma coisa.

Essa frase não soa legal. Toda vez que minha mãe vem me dar uma notícia bombástica, ela começa desse mesmo jeito. Disfarcei a ansiedade e forcei um sorriso. Sentei na cama dela. A menina parecia empolgadíssima.

— Enquanto vocês estavam no arvorismo, eu resolvi dar uma conferida na cama elástica. O Adolfo estava lá.

— Ah, é? E aí? — Eu continuava forçando o sorriso, mas senti que minha voz falhou.

— Ele é um amorzinho. Meio misterioso, mas tem o seu charme. E ele me apresentou ao Ronaldo, do quarto dele. Diferente do Adolfo, ele é superfalante! Como a gente combina! Você precisa ver, Fabi! Temos gostos parecidos para filmes e séries de suspense. Ficamos um tempão debatendo os nossos episódios favoritos.

— Ronaldo? Interessante. Não me lembro dele. — Senti que estava enxugando as mãos na bermuda. Que novidade é essa de sentir as mãos suadas toda hora? — Pelo visto você mudou de crush. Era isso que você queria me dizer?

— Eu fiquei interessada no Adolfo antes, não posso negar. Mas, depois de conversar com o Ronaldo, vi que temos mais afinidades. Ele mora num bairro vizinho ao meu e até já insinuou que gosta do cinema do shopping perto da minha casa.

— Olha só, hein? Pra um convite depois do Kairós não tá faltando quase nada, pelo visto. Que bom, Mariana.

— Tô bem animada. E preciso te contar que o Adolfo perguntou de você.

— Perguntou, é?

— Eu desconfiei que ele ficou te procurando com o olhar, pra ver quando você ia aparecer, já que três do nosso grupo foram para a cama elástica. Até que ele finalmente perguntou e eu confirmei minhas suspeitas. Nós falamos que você tinha ido pro arvorismo. Ele não conseguiu esconder a decepção. Eles vão jogar basquete hoje à tarde. O Adolfo e o Ronaldo. Eu fiquei sabendo que até o Kaio vai arriscar jogar, mesmo não sabendo muito bem. Já marcou alguma atividade pra hoje à tarde? Vamos juntas?

— Eu meio que já tinha falado pro Adolfo que ia... Ah, Mariana! Eu tava me sentindo meio traidora. Afinal, você tinha visto ele primeiro.

— A gente se conheceu aqui e você demonstrou muito mais consideração por mim do que muitas meninas que eu conheço faz tempo. — Ela passou a mão carinhosamente pelo meu cabelo. — Mas tenta relaxar. Você não tá traindo ninguém. Eu acho ele bonito, só isso...

— Vamos nesse jogo, então, Mariana. Vamos torcer pelos nossos garotos!

— Nossos?! Então você confessa? Tá a fim do Adolfo?

— A fim, apaixonada, num crush repentino, não sei o termo certo pra definir. O fato é que eu não consigo evitar olhar pra ele se nós estamos no mesmo ambiente.

— Ãhã. Seeei... — Ela suspirou, revirou os olhos e falou em tom de deboche. — Tá bom, Garota dos Sentimentos Indefinidos... Vamos pro refeitório que só falta meia hora pra acabar o horário de almoço. Estamos mais do que atrasadas!

Corremos para lá, e já estava bem vazio. Nada de Adolfo. Voltamos para o alojamento só para escovar os dentes e partimos para o ginásio.

Logo na entrada, duas monitoras distribuíam pompons e bandeirinhas para a torcida.

— Vocês vão torcer pra qual equipe? — uma delas me perguntou, e eu fiquei com cara de boba, sem saber o que responder.

— Nós somos da equipe vermelha! — a Mariana respondeu, se adiantando em pegar um pompom e uma bandeirinha para mim. — Olha pra quadra, Fabi... Aquele com o colete 11 é o Ronaldo — ela cochichou.

Ao lado dele, o Adolfo vestia um colete vermelho com o número 12, por cima de uma camiseta branca. Chegamos perto da grade que separava a arquibancada da quadra e eles vieram falar com a gente.

— Oi, Fabi! — Ele me deu um beijo tão carinhoso no rosto que me arrependi por cada segundo que me afastei dele de propósito. — Como foi lá no arvorismo? Curtiu?

— Foi muito bom! Dá um pouquinho de medo no início, mas depois passa.

— Eu só consegui vaga para amanhã. Também nunca fiz. Depois vou pegar umas dicas com você. Conhece o Ronaldo? — Ele apontou para o amigo. Ele realmente parecia simpático e fazia um par bem bonitinho com a Mariana.

— Tudo bem, Fabi? — Ele também me deu um beijinho no rosto. — A torcida de vocês vai ser importante. Vamos precisar.

— Por quê? O outro time é mais forte? — A Mariana olhou intrigada através da quadra.

— Se é mais forte eu não sei, mas dá uma espiada na vantagem no número de torcedores. Quer dizer... de torcedoras... pra equipe azul.

Olhamos para a arquibancada e realmente o lado azul estava maior. Mas eu logo entendi o motivo: o Kaio estava no time adversário. As outras meninas do meu quarto estavam lá também, pompons e bandeirinhas azuis em punho.

— Tão chamando a gente. Até daqui a pouco. — Ele sorriu e correu para o centro da quadra.

Os monitores incentivavam todo mundo a torcer. Tinha até coreografia. Cada uma mais engraçada do que a outra. Eu não sabia se ria, dançava ou assistia ao jogo. Apesar do contraste absurdo da divisão da torcida a favor da equipe azul, a vermelha saiu na frente. O Adolfo era realmente bom; fazia cestas brincando, não errava um arremesso! Meus conhecimentos de basquete eram básicos, e eu até tentava assistir, entender as regras, os passes... Mas era meio complicado tirar os olhos dele, mesmo quando não estava com a bola.

O jogo estava 34 a 12 para a equipe vermelha quando o Kaio correu e do nada se chocou com um dos garotos do mesmo time. Ele caiu no chão e levou a mão ao rosto. O jogo foi paralisado, e uma pessoa da equipe médica foi atendê-lo. Ele estava com o nariz sangrando e precisou sair da quadra direto para a enfermaria. Ih, foi uma comoção! As meninas, claro, todas com cara de peninha, preocupadas. Mas, pelo alto-falante, o monitor que estava coordenando a atividade disse que estava tudo bem e que o jogo ia continuar. Um garoto entrou no lugar do Kaio, mas um clima tenso permaneceu até o final, apesar do incentivo dos monitores nas torcidas.

A equipe vermelha ganhou com uma diferença de mais de trinta pontos. Achei que o Adolfo ia sair feliz do jogo, já que tinha feito muitas cestas. Mas sua expressão era bastante séria quando acenou para mim e eu fui falar com ele perto da grade de saída. Ele estava todo suado e enxugava o rosto com uma toalha.

— Fabi, eu vou resolver uma parada no alojamento. A gente nem conversou direito. Eu queria dar uma volta no lago. Quer ir comigo?

— Claro, lá é tão bonito.

— Você pode me encontrar na varanda da administração daqui a meia hora?

— Tudo bem.

Ele sorriu, mas não parecia feliz. Fiquei parada enquanto o via sair correndo. As arquibancadas foram esvaziando.

O Adolfo tinha se aborrecido com alguma coisa que eu não tinha entendido. O convite para o passeio não tinha sido feito naquele clima romântico de que toda garota gosta. Mesmo assim, valia a pena ir ao encontro dele. Se teve uma coisa que ele conseguiu foi me impressionar no jogo! Parecia completamente seguro de si na quadra. A força do lobo... Nossa...

— Fabi, nós vamos dar uma volta perto do parque aquático e tomar um refrigerante. Quer vir com a gente? — A Mariana estava com o Ronaldo e, claro, eu ia recusar o convite para não servir de vela de candelabro em plena luz do dia.

— Eu já tenho planos, obrigada. Divirtam-se!

A Mariana se afastou numa conversa para lá de empolgada com o Ronaldo. Ela queria tanto arranjar o seu primeiro namorado e se apaixonar... Tomara que desse certo!

Tomei um copo d'água, dei uma conferida no visual e meia hora depois estava no lugar marcado. Ele ainda não tinha chegado, e bateu um medo tremendo. Será que tinha esquecido? *E se eu ficar feito uma boba aqui sozinha?* Então me lembrei do papo que tive mais cedo com a Rebeca. "Converse com ele, faça amizade, crie laços..."

Muito bem, Fabiana. Dê uma chance para o Adolfo aparecer. E tente descobrir como administrar tudo isso aí dentro do peito, Garota dos Sentimentos Indefinidos...

28 DE JULHO
DIA 4
ADOLFO

O dia estava bonito e eu resolvi ir com o Ronaldo e o Iuri para a cama elástica. O restante dos garotos resolveu ficar no parque aquático. Como eu já tinha ficado na piscina duas vezes, queria fazer uma coisa diferente.

Tentei encontrar a Fabi a manhã inteira, mas nada dela. Como eu tinha falado sobre o jogo de basquete, estava torcendo para que ela aparecesse.

Notei que o Ronaldo estava interessado na Mariana, a amiga da Fabi que estava com ela na piscina. Apresentei os dois, e foi bem engraçado ver a cara de bobo dele conversando com ela. Será que eu fico desse mesmo jeito com a Fabi por perto?

A manhã tinha sido bem divertida. Almoçamos, trocamos de roupa e fomos para o ginásio. Eram várias partidas: azul contra vermelho, amarelo contra verde, preto contra laranja. No sorteio, caí na equipe vermelha, enquanto o Cristiano e o Kaio ficaram na azul.

— Gente, por favor, tenham paciência comigo... — O Kaio ria enquanto colocava o colete azul por cima da camiseta. — Virtualmente eu consigo jogar quase qualquer coisa, mas pessoalmente...

— Jogar charme é que é a sua especialidade, né? Olha só a vantagem que você tem em comparação com o resto do pessoal... — o Cristiano soltou a piada.

— Só quero me divertir, nada além disso. — Ele continuou rindo, sem perceber o tom sarcástico do Cristiano.

Tudo bem, confesso que fiquei com ciúme do Kaio com a Fabi, principalmente no videokê. Ele tem esse poder de deixar a gente com raiva em um momento, e logo em seguida arrancar umas boas risadas. Fiquei achando que a implicância do Cristiano aumentou desde que o vi consolando a irmã, antes de irmos para a cama elástica. Ela estava chorando discretamente perto de uma das entradas do parque aquático e ele fazia cócegas para animá-la. Será que tinha algo a ver, já que ele tinha comentado que o Kaio andava de conversa com a irmã dele?

Eu estava distraído pensando no assunto e vendo a torcida da equipe azul crescer na arquibancada. A maioria de garotas, claro. Foi quando o Ronaldo me chamou. A Fabi e a Mariana tinham acabado de chegar. Fomos falar com elas, mas foi muito rápido, já que o jogo ia começar.

Eu queria mostrar para a Fabi que eu era bom. Tá, eu sei, tô sendo metido. Mas é que eu realmente curto muito jogar basquete e me orgulho de saber jogar bem. Consegui fazer várias cestas, e o nosso time estava ganhando. Até que o Kaio deu uma trombada nas costas do Cristiano, exatamente na direção do ombro, e caiu com o nariz sangrando. As fãs dele ficaram inconformadas, mas o monitor avisou pelos alto-falantes que estava tudo bem e o jogo ia continuar. Um garoto que eu ainda não conhecia entrou no lugar dele. Jogava bem até, mas o meu time venceu de lavada.

Eu queria comemorar, mas estava com um pressentimento esquisito. Vi que tinha alguma coisa muito errada no lance com o Kaio, e, assim que o jogo acabou, o Cristiano devolveu o colete e disparou para fora do ginásio. Resolvi ir atrás dele. De novo, não consegui falar com a Fabi direito, mas pelo menos tinha conseguido marcar de me encontrar com ela meia hora depois. Esse era o tempo para descobrir se as minhas suspeitas estavam certas.

Entrei no quarto feito um furacão. O Cristiano levou até um susto. Estava largadão na cama, como se nada tivesse acontecido.

— Achei ótimo ter só nós dois aqui. Eu sei muito bem o que você fez.

— Não entendi. Tá com essa cara de valentão pra cima de mim por quê?

— Você machucou o Kaio de propósito. Pensa que eu não vi?

— Você é maluco? — Ele fez cara de indignado e abriu os braços. — Eu era do mesmo time! O moleque veio com tudo pra cima de mim. Ele é um pateta, não sabe jogar nada, se machucou sozinho. O negócio dele é videogame. Na vida real é um tosco.

Tentei me controlar ao máximo para não levantar o tom de voz e acabar chamando a atenção dos monitores. Sentei na cama ao lado e não consegui segurar o sarcasmo.

— Você se acha muito esperto. Eu reconheço que você foi bem eficiente na atuação. Já pensou em fazer teatro?

— Adolfo, você tá começando a me irritar. Qual é a sua? Eu tava quieto, na minha, e você chegou todo cheio de marra, me acusando de uma coisa que eu não tenho nada a ver. — Ele continuava na defensiva, mas deu para notar que estava assustado.

— Eu já fui assim, Cristiano. Você mandou muito bem, os monitores nem perceberam. Eu jogava sujo até pouco tempo atrás. Você se aproveitou que o Kaio joga muito mal para se colocar na frente dele feito uma parede. Era só esperar que ele desse de cara no seu ombro.

— Você tá é delirando! Meu ombro tá doendo até agora! — Ele continuava fingindo indignação. — Eu ia me machucar de propósito?

— Eu já fiz isso. — Continuei olhando bem firme para ele entender que eu não estava de brincadeira na minha acusação. — Eu já machuquei outro cara de propósito. E foi desse mesmo jeitinho. E tem mais... Eu sei por que você fez isso. Foi por causa da sua irmã. Eu vi que ela estava chorando hoje mais cedo. Saudade de casa? Duvido. Aposto que ele a iludiu com conversinhas, como fez com várias meninas aqui, e você quis dar o troco. O jogo era a grande chance de se vingar.

— Você acha certo então ele se aproveitar da fama pra ficar iludindo as garotas? Ele manda a mesma conversinha idiota pra todas. Não viu na arquibancada? Chegava a ser patético ver o tanto de garotas gritando por causa dele.

— Eu até que gosto do Kaio, do canal dele na internet, e acho que ele manda bem. Se o lance de as garotas ficarem todas loucas na presença dele me incomoda? Claro. Também não concordo com o que ele tá fazendo. Mas, se tem uma coisa que eu aprendi, é que violência não resolve nada. Eu senti isso na pele. Eu tinha um amigão de anos e saí no soco com ele há uns meses, tudo porque eu não podia segurar o meu jeito estourado. Mesmo pedindo desculpas, eu não consegui a amizade dele de volta. Ver um cara que era o seu melhor amigo te tratar apenas com educação é muito doloroso.

— O Kaio não é meu amigo.

— Não interessa, Cristiano! Isso não te dá o direito de armar uma cilada pras pessoas se achando seguro de que não vão notar. Mas fica de boa que eu não vou te dedurar não. Sabe por quê? Não é por você, é pela sua irmã. Ela tem o direito de se divertir. E pelos seus pais, que gastaram em dobro e iam ficar muito decepcionados. E pelo Kaio também, que, apesar de estar se comportando feito um idiota, só tá demonstrando quanto é imaturo. Mesmo assim, ele não merecia isso.

— Falou o rei da maturidade, nossa! — O Cristiano fez cara de deboche e aplaudiu. — Já acabou o discurso do bom-moço? Por que você não me deixa em paz, hein? Tô a fim de descansar pra festa de hoje à noite.

— Vou te deixar em paz sim. Vou lá fazer o que você deveria ter feito, ou seja, ver como o Kaio está na enfermaria.

— Me erra, Adolfo. Vai lá bancar o bonzinho e me deixa aqui sossegado.

Saí do quarto ainda pensando se deveria ou não denunciar o Cristiano. Seria a palavra dele contra a minha, e se bobear os dois seriam penalizados. Agora que eu estava gostando de ficar no acampamento, não ia deixar a falta de caráter dele estragar tudo. Mas o recado foi dado, e, mesmo se fingindo de indignado, acho que ele ficou assustado e não deve fazer mais alguma coisa. Sabe o que me deixou triste? Reconhecer que eu já agi da mesma forma, por isso consegui enxergar o que ele fez. Eu sei que sou estourado, sei muito bem das coisas que aprontei. Quero fazer tudo certo. Cansei dessa coisa toda.

Quando eu estava quase chegando à enfermaria, o Kaio saía de lá com o monitor Carlos. Não houve necessidade de ir para um hospital fora do Kairós, e o nariz só estava um pouco inchado. Ele segurava uma daquelas bolsas de termogel no rosto.

— E aí, cara? Pelo visto tá tudo no lugar, né? — Tentei disfarçar o nervosismo e falei em tom de piada.

— À noite já vai estar melhor. — O Carlos colocou a mão no ombro do Kaio e sorriu satisfeito. Pelo visto ele nem desconfiava da armação do Cristiano.

— Parabéns, hein? Você joga bem pacas!

— Valeu, Kaio. Se cuida, então. Vai voltar pro alojamento?

— Tô a fim não. Vou ficar naqueles sofás do cineclube me distraindo com a galera até a hora do jantar.

— Então beleza, vou nessa. Até mais tarde.

Ainda bem que ele não quis ir para o alojamento. De repente fiquei inseguro de deixar o cara sozinho com o Cristiano e acabar tendo outro problema. Ao mesmo tempo, eu não ia vigiar todos os passos do Kaio o restante da temporada. Precisava confiar que o Cristiano não ia tentar mais nada contra ele.

Existe uma infinidade de relógios de parede espalhados pelo acampamento, e eu vi que estava dez minutos atrasado para me encontrar com a Fabi. Saí correndo em direção à administração, e por sorte ela ainda estava me esperando. Ela estava sozinha, sentada em um dos bancos, o olhar perdido nas flores do jardim em frente.

— O que eu posso fazer pra você perdoar o meu atraso? — Cheguei por trás e falei baixinho, causando um tremendo susto nela.

— Não me matar do coração já é um bom começo! — Ela fingiu cara de brava, para rir em seguida.

Sentei ao lado dela no banco e, de novo, senti o cheiro do seu cabelo. Eu me aproximei devagar e dei um beijo no seu rosto. O simples cumprimento acabou demorando além do normal. Senti a maciez da sua pele, e os seus lábios estavam tão próximos... Foi quase impossível não escorregar um pouquinho mais para o lado e beijá-la na boca. Um grupo vinha rindo na direção da varanda. Aquilo bastou para me chamar à realidade, e eu me afastei um pouco. Por alguns segundos, ela me olhou nos olhos, e eu queria muito entender o que aquele olhar queria dizer. Mas achei melhor fingir que não tinha sido nada de mais e contei por que eu tinha me atrasado.

— Fui ver como os garotos ficaram depois daquele lance que aconteceu. Tá tudo bem com os dois. O ombro do Cristiano no lugar e nada de nariz quebrado pro Kaio. Foi só um susto.

— Que bom! As fãs dele já podem ficar aliviadas.

— Você, inclusive? — impliquei de leve. — Faz parte do fã-clube?

— Ele parece legal, mas eu não sei se posso me classificar como fã.

Ela deu um risinho muito suspeito. Mas eu não quis prolongar o assunto para não bancar o ciumento.

— Vamos dar um passeio no lago? — Levantei e dei a mão para ajudá-la a se levantar. — Acho que deve ter uma turma nos pedalinhos ainda. Talvez não tenha mais vagas pra andar neles, mas pelo menos a gente ri das trapalhadas do pessoal.

— Hum, que pena que você não estava no meu dia. Aposto que eu ia te garantir boas risadas. É incrível a minha capacidade de passar vergonha.

— Sério? Bom, considerando que nós nascemos no mesmo dia, quer dizer que eu tenho grandes chances de passar vergonha também? Não consigo lembrar de nada muito grave.

— Você está querendo me dizer que nunca aconteceu nada que te desse vontade de se esconder até o fim dos tempos? — Ela fez cara de incrédula.

— Acho que não...

— Quero te fazer um desafio então... Eu vou confessar duas coisas bem vergonhosas que me aconteceram, mas você também vai ter que me contar duas das suas. Eu acho que você está escondendo o jogo e não quer me contar. De repente, se eu compartilhar algo meu, você vai ficar mais relaxado pra confessar.

— Desafio aceito, senhorita Fabiana. Damas primeiro.

— Eu já saí vestida de tomate na rua. Com aquela folhinha verde e tudo.

— Vestida de tomate, Fabi? — Caí na risada. — Mas por quê? Era carnaval?

— Antes fosse. Era um projeto da escola. A minha mãe foi me buscar e achou aquela fantasia ridícula tão linda que me fez andar dois quarteirões até em casa. E a cara das pessoas na rua? Eu queria sumir!

— Quantos anos você tinha?

— Oito.

— Ah, mas você era muito criança, não vale. Vou ter que contar uma vergonha numa idade parecida então, pra ficar empatado. — A expressão de ansiedade dela para saber a minha história era linda demais. — Preparada? Muito bem... Errr... Acho que eu tinha uns sete ou oito anos. Eu tinha o mesmo corte de cabelo do Justin Bieber e fazia a coreografia de "Baby" escondido no meu quarto.

Ela simplesmente parou de andar e caiu na gargalhada.

— V-você vai ter q-que d-dançar pra eu ver! Hahahaha! — Ela se contorcia.

— Mas nem se o papa pedir. — Eu a puxei delicadamente pelo braço para continuarmos a caminhada. — Pode esquecer.

— Mas é claro que eu não vou esquecer. Depois você vai me mostrar uma foto, não vai?

— A prova vergonhosa de que eu era um minicover do Justin Bieber deve estar com a minha mãe. É mais do que óbvio que ela deve ter fotos muito bem guardadas.

— Vergonhosa por quê? Eu gosto do Justin. Vai ser a primeira coisa que eu vou te pedir quando a gente voltar pra casa.

Interessante... Então quer dizer que ela acabou de me comunicar que nós vamos continuar a nos falar depois do acampamento?

— Próxima vergonha, por favor. E mais recente, né? De criancinha não vale.

— Tá bom... — Ela riu tanto que precisou enxugar algumas lágrimas. Gostei de descobrir um lado divertido que eu nem sabia que tinha. — Deixa eu pensar em uma que possa superar o Justin Bieber... Já sei. Essa foi do ano passado. Eu tava voltando da escola, conversando com duas amigas, e acabei não prestando atenção que tinha uns funcionários da prefeitura cimentando um pedaço da calçada. Quando vi, já era tarde demais. Uma das minhas amigas até tentou me segurar, mas eu tropecei e caí de quatro com as mãos no cimento ainda molhado. As duas mãos ficaram lá, perfeitamente espalmadas na calçada.

— Hahahahaha! Tipo a calçada da fama?

— Tipo isso. O operário ficou muito irritado, afinal de contas eu tinha atrapalhado o serviço dele. Antes de ele cimentar de novo por cima, as minhas amigas fizeram questão de pegar um graveto na rua, escreveram o meu nome embaixo e fotografaram. E postaram na internet, claro.

— Jura que você ainda é amiga delas depois dessa? — Eu ria imaginando a cena.

— Claro! Uma delas é a Thaís, a que mora no seu bairro. Muito bem. Agora a sua vergonha número 2.

— Caramba, e agora? Deixa eu pensar.... Ah, sim. Putz, essa foi de doer. Literalmente. Eu estava subindo a escada rolante do shopping e, quando já estava quase chegando ao segundo andar, simplesmente a sola do meu tênis ficou presa. Eu caí, a sola descolada fez a escada parar de funcionar, uma velhinha se desequilibrou e caiu sentada em cima de mim.

— Meu Deus, que horror! — Ela ria sem parar. — E a velhinha?

— Me xingou um monte. Agora imagina a cena. Sábado, shopping lotado. E eu lá tive culpa que a escada resolveu comer o meu tênis novinho? Dois seguranças a ajudaram a se levantar e eu que me virasse.

— Poxa, essa história foi engraçada, mas você poderia ter se machucado feio. — Ela fez um carinho no meu braço, para em seguida retirar a mão, com vergonha do gesto espontâneo. — Tá vendo? Você com micos escondidos na manga e fingindo que não passava vergonha.

— Quando você falou das suas cenas vergonhosas, acabei me lembrando das minhas. Foi uma boa tática a sua.

Chegamos ao lago e faltava ainda um grupo para passear nos pedalinhos. Escolhemos um banco embaixo de uma das árvores e ficamos observando o pessoal completamente atrapalhado na hora de entrar, sair e pilotar.

— Animado pra festa à fantasia hoje à noite? — ela perguntou.

— Acho que vai ser legal, né? Bom, fantasiada de tomate eu tenho quase certeza que você não vai. Já sei! Você pode ir vestida de embalagem de ketchup! Deve ser mais confortável.

— Muito engraçadinho você, Adolfo! Não vou contar. É surpresa.

— Então eu também não vou contar. Vou fazer suspense também. — Ela fez uma careta. — Tô animado sim. Finalmente eu vou dançar. Dei bobeira no primeiro dia e não dancei na festa temática.

— Pelo que eu entendi, vai ter de tudo... Pop, rock, até funk!

— Amanhã vai ter micareta com trio elétrico — lembrei.

— E aí acaba... — Ela fez uma expressão triste.

— Acaba o acampamento. Só isso. Mas a gente continua.

Ela me olhou de um jeito que eu não consegui entender. E entendi menos ainda depois que o vento bateu e trouxe aquele cheiro do cabelo dela. Embaralhou todos os meus pensamentos.

— Desculpa, eu tenho que te perguntar. — Não consegui me conter.

— O quê?

— Que xampu é esse que você usa? Preciso te dizer que esse cheiro é bom pra caramba! Eu senti desde o primeiro momento em que te conheci.

Ela sorriu timidamente.

— Maracujá.

— Xampu de maracujá? Sério? Eu nem sabia que existia. Parabéns pra quem inventou isso. Esse cheiro tira a gente do eixo.

Ela riu do meu comentário, ficou em silêncio por alguns segundos e depois me encarou.

— Te conhecer foi uma das melhores coisas do acampamento. Você é divertido e me deixa à vontade pra falar todas as maluquices que passam na minha cabeça — ela falou, sem jeito, apesar de estar me olhando nos olhos.

— Eu penso a mesma coisa. E preciso te avisar...
— Avisar o quê?
— Eu pretendo continuar vendo você depois. Pode ir se acostumando com a ideia.

Ela sorriu e por alguns momentos o seu olhar se perdeu ao redor do lago.

— Moramos em cidades diferentes, Adolfo. — A sua expressão tinha voltado a ficar triste. — Vai ser difícil a gente se ver.

— Por quê? O seu celular não tem câmera? Nem internet? — Coloquei a mão no peito, me fingindo de assustado, para quebrar o clima e fazê-la rir de novo. — Você não vai querer trocar cartas, vai? A minha letra é horrível. Não vai rolar.

— Adolfo, você é uma figura. — Finalmente a sua expressão tinha ficado mais descontraída. — Claro que vamos nos falar pela internet. E temos uma boa chance de nos ver novamente no próximo feriadão. Combinei de ir pra casa da Thaís. Você vai viajar no feriado do Sete de Setembro?

— Vou ficar no Rio, não vou viajar. Vou pensar em alguma coisa bem legal pra fazer e que não tenha dezenas de monitores vigiando os nossos passos.

Eu não conseguia mais evitar provocá-la. Era mais forte do que eu! Quanto mais ela demonstrava estar com vergonha, mais vontade eu tinha de deixar as bochechas dela coradas.

— Você já tomou banho de chuva alguma vez, Adolfo?
— Não sei... Por quê?
— Porque, se a gente não correr agora, esse vai ser o meu primeiro.

Olhei para o céu e reparei que o tempo tinha virado. Os monitores chamaram a galera para o deque e o passeio teve que ser interrompido.

Começamos a correr, mas ela não conseguia me acompanhar. Então eu dei a mão para ela e tentava ajudá-la no seu ritmo, mas a gente ria mais do que corria. Até que não teve mais jeito e a chuva desabou. Em segundos, os pingos grossos que caíam nos deixaram completamente encharcados.

— Para, Adolfo. Não adianta mais correr! — ela gritou e estacou no meio do caminho, já completamente sem fôlego.
— Vamos logo, Fabi. Você vai acabar doente. — Eu a puxei novamente.

Realmente correr já não fazia o menor sentido. Andamos num ritmo mais acelerado até a bifurcação que separava os dois alojamentos.

— Obrigada pelo meu primeiro banho de chuva, Adolfo.
— Hahaha! Até que foi gostoso, vai? Agora tome um bom banho quente e se agasalhe.
— Que bonitinho. Tomando conta de mim...
— Motivos totalmente egoístas. Eu quero dançar com você na festa. Até mais tarde.

Foi difícil evitar a zoação dos garotos. Já estava mais do que na cara o meu interesse pela Fabi.

— Esse tal de Adolfo é um ser curioso, vamos combinar... — O Ronaldo fingia discursar, mas o tom era de deboche. — Primeiro ele mal olhava pra nossa cara, depois deu um show no videokê, foi o cestinha do jogo e está com essa cara de apaixonado. Tão constante quanto uma montanha-russa. Só que não.

— Eu dou a maior força, Adolfo — o Kaio falou, com o nariz já praticamente normal. — Ela é uma garota muito legal.

Olhei para o Cristiano, que estava na dele. Conversava normalmente com o Iuri e o Ricardo. E eu revirava a minha mala tentando arrumar uma solução para a festa à fantasia. Claro que eu não tinha levado absolutamente nada. Por isso fingi suspense para a Fabi, pois realmente não tinha coisa alguma para contar. Até que uma camiseta do Homem-Aranha surgiu do fundo da mala, como que por milagre. Não era uma fantasia, mas acho que dava para solucionar parte do problema. Vesti com uma calça jeans e tênis. Estava meio sem graça em comparação com a produção dos outros caras, mas o importante era dançar.

O salão já estava cheio quando entramos, e uma banda estava no palco. Fiquei tão hipnotizado ao ver os instrumentos e a guitarra maneiríssima de um dos músicos que não notei quando a Fabi parou do meu lado. Quando percebi, não pude evitar uma gargalhada alta. Ela usava um vestido amarelo bem justo que ia até os joelhos e um chapeuzinho branco e redondo no alto da cabeça. Estava vestida de pote de mostarda. O chapéu era a tampa da embalagem.

— Mas olha só... — Eu tentava controlar a risada. — Quase acertei.

— Eu fiquei com uma raiva tão grande, mas tããão grande quando você fez a piada do ketchup! Isso quer dizer que eu não fui nada original.

— Nada disso, Fabi. Se você não tivesse contado a história do tomatinho, eu nunca iria adivinhar... Mas olhe só em volta. Você foi original sim. Não tô vendo ninguém vestido de vidro de azeite ou mesmo de molho pra salada.

— Para, Adolfo! — Ela cruzou os braços e fingiu estar brava. Mal sabia que isso aumentava ainda mais a minha vontade de beijá-la. Estava cada vez mais difícil seguir aquelas benditas regras do Kairós!

— Vem cá, mostardinha... — Eu a puxei para o meio da pista. — Vamos dançar!

Tudo o que eu não dancei na primeira festa, descontei nessa. Entre duendes, fadas, Mulher-Maravilha e até mesmo o Bob Esponja, me diverti pra valer. Até aquelas coreografias ensaiadas que tenho certa dificuldade eu tentei fazer. A banda era sensacional e tocava uma música melhor que a outra.

Já era madrugada quando a festa acabou. Eu estava destruído.

— Ainda cabe um chocolate quente pra fechar a noite? — ela sugeriu.

— Vou lá buscar a caneca.

Se não fosse por ela, juro que nem voltaria. Mas eu realmente estava com sede e fome depois de me acabar na pista de dança. O refeitório estava fechado, e a única coisa que restava era justamente a máquina de chocolate quente.

Enchemos as nossas canecas e nos sentamos num banco da varanda. Aquele líquido quentinho ia descendo pela garganta e parecia renovar as energias gastas.

— Morta com farofa! — Ela já nem tinha mais o chapeuzinho branco na cabeça. Em algum momento da festa ele simplesmente se perdeu. — Mas valeu a pena.

— Se valeu! — concordei.

— Só não valeu completamente porque faltou tocar Justin Bieber... — Ela fez uma cara travessa enquanto tomava mais um gole do chocolate quente. — Como eu queria ver você dançando "Baby"... Eu não consigo parar de pensar nisso. Tô obcecada.

Caí na risada. Quantas e quantas horas gastas na frente do espelho imitando a coreografia! Apesar de ter passado muitos anos, eu ainda sabia dançar. Mas é claro que eu não ia confessar isso para ela, nem sob tortura.

Ficamos em silêncio por um tempo, olhando as estrelas da noite fria. Olhei para ela e, ao me lembrar de que só teríamos mais dois dias pela frente, não quis nem medir as consequências e abri o jogo de uma vez.

— Talvez eu esteja sendo precipitado. Talvez você nem queira me ver amanhã depois de eu falar isso. Chega de joguinhos e indiretas. Eu gosto de você, Fabi. De verdade.

Como no dia anterior, ela ficou olhando dentro da caneca, que segurava com as duas mãos. Demorou longos segundos até ela se virar para mim.

— Eu também gosto de você, Adolfo. E realmente talvez tudo isso seja precipitado. Apesar de achar essa história bem doida, já que a gente se conhece há dois dias.

— Eu queria tanto te beijar agora...

Ela colocou uma das mãos no rosto e abafou um riso.

— Confesso que eu queria que você fizesse isso.

Droga! Como era difícil me segurar!

— Vamos ter que esperar até o próximo feriado. Já considero marcado.

Ela balançou a cabeça, envergonhada.

— Que poder maluco é esse que você tem de me fazer confessar coisas? Você tá agendando um beijo para o feriado?

— Eu não tô agendando. Tô comunicando.

Ela riu de forma nervosa.

— Você é muito folgado. E eu descobri que uma parte minha gosta disso.

— Bom saber...

— A monitora do alojamento já deu um olharzinho suspeito pra cá. — Ela continuava sem jeito. — Já está bem tarde. Eu preciso ir.

Antes de se levantar, ela se aproximou e me deu um beijo no rosto.

— Boa noite, Homem-Aranha.

— Boa noite, mostardinha.

29 DE JULHO
DIA 5
FABI

— Ai, Fabi. Eu tô nervosa demais! — A Mariana estava eufórica com o encontro marcado com o Ronaldo no parque aquático. — Olha de novo, por favor.

Eu juro que não pretendia começar o meu dia medindo a bunda de alguém. Mas daquela missão eu não podia fugir.

— Mariana, você exagerou totalmente em relação às estrias. Tem sim umas marquinhas no seu bumbum, mas nada que eu já não tenha visto em outras garotas aqui mesmo do acampamento. E vou te falar uma coisa: os meninos também têm estrias. Esse não é um problema exclusivo das mulheres. O seu biquíni é maravilhoso. Vai encontrar o seu crush e divirta-se!

— Você sabe como eu sou insegura, né? Mas cansei de ficar me escondendo e me privando de aproveitar a piscina.

— Nada de se esconder! Pode ir na frente. Daqui a pouco encontro vocês lá.

Eu tinha resolvido ficar na piscina naquela manhã. Apesar da chuva pesada que tinha caído no dia anterior, o céu estava aberto e fazia um dia bonito. Aquele inverno realmente estava maluco. De dia, um solzinho gostoso. À noite, chuva e frio.

Eu ainda estava cansada de tanto que tinha dançado. Como ia ter trio elétrico mais tarde, queria me poupar para poder aproveitar bastante. Como o Adolfo já está mais acostumado a exercícios físicos, estava todo disposto no café da manhã. Ele tinha marcado de praticar arvorismo e pediu dicas.

Pensei que, depois de termos declarado estarmos a fim um do outro, talvez pudesse surgir algum tipo de constrangimento. Mas aconteceu justamente o contrário. Senti que estávamos mais à vontade, e isso me deixou bem feliz. Eu ainda não sabia direito no que tudo aquilo ia dar, mas resolvi viver um dia de cada vez.

Quando cheguei à piscina, a Mariana nadava com o Ronaldo. As espreguiçadeiras que usamos da outra vez estavam ocupadas, eu e fui para o outro lado. Foi bom, porque encontrei a Akemi.

— Até que enfim nós vamos curtir uma piscininha juntas! — ela comemorou. — Tirando as festas e o café da manhã, a gente quase não consegue coincidir nas atividades. Eu sempre escolho uma coisa e você outra.

— É verdade! Com a Laura é a mesma coisa. Foi a primeira que eu conheci, desde o ônibus. Ela sempre escolhe atividades mais culturais e oficinas. Mas me conta! Curtiu a festa ontem? Quando eu cheguei no alojamento você já estava no quinto sono. Ou você saiu muito cedo ou eu cheguei muito tarde.

— Eu amei a festa! Mas quem gostou mesmo foi você, né? Dançou com um Homem-Aranha a noite toda.

— Hahahaha! Acho que todo mundo já notou, né? Começou com o lance do aniversário e foi evoluindo de um jeito tão gostoso! Nos damos bem, é divertido. Não sei como vai ficar depois que o acampamento acabar, mas espero que a gente continue se falando. E você? Algum gatinho em vista?

— Eu conheci um monte de meninos bem fofos, fiz amizade com vários, mas não quero namorar. Eu gosto de sair, me divertir, ir pra festas, cinema, mas não penso em namorar ainda, sabe? Quero entrar na escola técnica em eletrônica e preciso estudar muito. Garotos agora só iriam tirar o meu foco. Quando eu garantir a minha tão sonhada vaga, aí eu começo a pensar no assunto.

— Eu acho isso legal. Você tem um objetivo e sabe exatamente aonde quer chegar. Para alguém da nossa idade, isso é até muito raro.

— Que bom que você me entende. Porque tem umas meninas muito, mas muito chatas mesmo que ficam no meu pé. Primeiro porque eu resolvi ser vegetariana. "Como assim você consegue viver sem um bife?" E, quando eu falo que não tô a fim de namorar, aí o discurso aumenta! "Poxa, Akemi, você não ficou com ninguém na festa? Por que você não tem namorado? Eu tenho vários amigos solteiros, não quer que eu te apresente um?" — Ela imitava uma voz bem chata e engraçada para representar as tais "amigas". — Quando todo mundo faz uma coisa, acha que quem tem opinião diferente é esquisito. Eu nunca falei que quero morrer solteira ou virar freira, só não quero agora. Será que é difícil as pessoas entenderem?

— Eu gosto muito de ler, por exemplo. Tenho uma estante cheia de livros em casa e ainda pego alguns emprestados na escola. Sabe o comentário que eu mais ouço? "Você vai ler um livro sem estar valendo nota? Por quê? Você é maluca?" Acho que eu sou uma das poucas pessoas que sabem o caminho da biblioteca.

— Tem muitas pessoas legais no mundo. Mas tem outras muuuito chatas, caramba! — Ela se espreguiçou e deu um longo suspiro. — Bom, mudando de assunto pra coisas boas. Tô curiosa pra saber como vai ser o nosso abadá. O Kairós tá fazendo um suspense danado. Só vai distribuir depois do almoço.

— Acho que é pra gente não acabar usando em outra atividade. Olha a Rebeca vindo aí! — Apontei para a entrada lateral. — Quem sabe ela não conta alguma coisa pra matar a nossa curiosidade?

Eu estava doida para falar sobre o Adolfo, mas precisava de uma chance para estar com a Rebeca sozinha. Teria que esperar.

— Bom dia, meninas! Fabi, você pode dar um pulinho lá na recepção? A sua mãe ligou e quer falar com você.

— Minha mãe?! — Tomei um susto, dei um pulo da espreguiçadeira e coloquei a canga correndo. — Será que aconteceu alguma coisa?

— Não deve ser nada de mais. Mas vai logo que ela está aguardando na linha.

— Claro! Tô indo agora.

Andei o mais rápido que pude. Que estranho! Por que será que a mamãe me ligou? Não que seja proibido os pais ligarem, mas o acampamento recomenda que só façam isso em caso de urgência. Eu estava ofegante quando peguei o telefone.

— Oi, mãe!

— Oi, filhota! Que saudade!

— Também estou com saudade, mãe... — Naquele exato momento, eu entendi o porquê da recomendação de não ligarem. Ao ouvir a sua voz foi que eu percebi a falta que sentia dela, e meus olhos se encheram de lágrimas. — Aconteceu alguma coisa? Você tá bem?

— Estou bem sim, querida. Não precisa se preocupar. É que a Thaís telefonou praticamente implorando pra você ir para a casa dela quando saísse do acampamento amanhã. Vai ser logo depois do almoço, não é isso?

— Isso! Amanhã é o último dia. Depois do almoço de despedida, os ônibus vêm pegar os grupos.

— O pai da Thaís vem pra Volta Redonda visitar a mãe. Aí, em vez de você voltar com o ônibus do Kairós, você viria com o Gustavo de carro no dia seguinte de manhã. Eu tô morrendo de saudade e já até comprei os ingredientes da lasanha que você me pediu. Mas acho que aguento esperar mais um pouco. Te liguei pra saber se você realmente quer ir pra casa da Thaís quando sair daí ou se quer voltar de ônibus.

Meu. Deus. Do. Céu.

Eu simplesmente não podia acreditar! Já que o Adolfo morava no mesmo bairro que a Thaís, seria fácil combinar de a gente se ver. Quando eu contasse para ela o que estava rolando, eu tinha absoluta certeza de que a Thaís daria um jeito de armar um encontro. E nós não teríamos que esperar até o feriado para o tão esperado beijo acontecer! Meu coração chegou a bater acelerado só de pensar na possibilidade de finalmente ficar com o Adolfo.

— Ah, mãe... — Tentei disfarçar a ansiedade. — Se você realmente não se importar, eu queria ficar um pouco mais. Vai ser legal voltar com o tio Gustavo. Eu tô com saudade da Thaís.

— Eu te liguei, mas já sabia a resposta. — Ela riu. — Vocês duas não desgrudam desde os cinco anos, nem mesmo morando em cidades diferentes. Eu vou mandar um e-mail pra gerência falando da alteração da volta. Vou passar os dados do Gustavo como o seu novo responsável na saída. Eles são bastante rigorosos nisso. Eu acho bom. Sinal de que estão cuidando bem de você. O acampamento era tudo o que você sonhava, Fabi?

— Nossa! O melhor presente de aniversário que eu poderia ganhar.

— Estou acompanhando as fotos pela internet. Você sabe, né? Os pais ganham uma senha para uma parte privada do site com as fotos de vocês. Filha! O que foi aquele vídeo de arvorismo? Fiquei com o coração na mão, apesar de parecer seguro.

— Mentira que você viu o vídeo! Tô louca pra me ver! A gente não tem acesso à internet aqui e eu tô curiosa. Eu tava com uma câmera presa no capacete.

— A montagem ficou bem emocionante. Uma hora mostrava a sua filmagem e depois uma parte gravada por algum dos monitores. E a festa de ontem? Você ficou tão bonitinha de mostarda! — Ela ria alto. — Tinha fantasias bem interessantes. E quem era aquele garoto alto com camisa de Homem-Aranha do seu lado?

Já colocaram as fotos da festa? Maldito site dedo-duro!

— Ah, é um amigo que eu fiz aqui. O nome dele é Adolfo. Por quê?

— Por nada. Alto, né? Achei bonito, só isso. Já vou desligar. Aproveite o restante da temporada. Vou acompanhando aqui de longe essa diversão toda. Te amo, nunca esqueça.

— Também te amo, viu? Obrigada por ligar e por me deixar ir pra casa da Thaís. Adorei ouvir a sua voz. Beijos, mãezinha!

Saí da administração ainda em estado de choque. Era muito bom para ser verdade! Minhas pernas tremiam, então me sentei em um dos bancos da varanda para colocar os pensamentos em ordem. Será que consegui disfarçar a ansiedade na voz?

Poxa vida, Fabiana! Mentindo para a própria mãe? Que coisa mais feia! Calma... Não era mentir, mas omitir. E por uma boa causa. A saudade da Thaís era verdadeira, claro. Mas eu não podia perder essa oportunidade. Se eu contasse que queria ficar mais um dia por causa de um garoto, era bem provável que ela não deixasse. Sexto sentido de mãe é fogo! Ela bateu logo o olho no Homem-Aranha. Impressionante! Era um risco que eu precisava correr. Aliás, dois riscos. O de a minha mãe se chatear, no caso de ela descobrir que eu menti, ops, omiti. E o segundo risco seria o Adolfo não querer se encontrar comigo, apesar de ter demonstrado interesse. Por que esperar mais de um mês se a gente poderia ficar logo?

Já recuperada do susto do telefonema inesperado, me levantei do banco e resolvi voltar para a piscina. Tinha largado a Akemi lá, e ela certamente ficou preocupada. Assim que me afastei um pouco da administração, um movimento perto do jardim me chamou atenção. Antes que eu desse um escândalo parecido com o da Carol por causa de um bicho, tentei identificar o que era. Umas plantas estavam se mexendo e eu me aproximei bem devagar. Quando cheguei perto, vi que era um coelho bem pequenininho, um filhote. Será que a mamãe coelha estava ali perto? Como ele começou a pular em direção a umas árvores atrás do jardim, resolvi ir na ponta dos pés para quem sabe ver outros coelhinhos fofos. Tentei não fazer barulho para não assustar os bichinhos.

Atrás de uma das árvores ouvi uma voz conhecida e congelei. Falava sussurrando e de forma bem ansiosa. Instintivamente, me escondi atrás de uma árvore próxima.

— Claro que não! Ninguém sabe que eu tô com um celular. Todo mundo pensa que eu tô tirando férias da internet. Aliás, querendo ou não, eu fui obrigado. O sinal é péssimo aqui, por isso eu te liguei escondido perto da administração, já que o sinal é mais forte. Hum... Não tem perigo... Hum... Relaxa, eu carreguei quando todo mundo tava dormindo. Eu trouxe dois carregadores portáteis, daqueles bem potentes que comprei nos Estados Unidos. Hum... Hum... Ãhã. Ãhã. Hahaha! Ah, você viu as fotos? Cada gata, né? Se alguém descobre que eu nunca beijei, a minha fama de conquistador vai pro espaço. Ãhã. Ãhã. E você quer que eu faça o quê, Kauã? Como eu vou arrumar uma namorada com a mamãe no meu pé vinte e quatro horas por dia? Eu vim pra cá pra fugir dela, mais que tudo. Você precisa me ajudar, afinal é pra isso que servem os irmãos mais velhos. A mamãe tá me sufocando. Tô a ponto de pirar. Só de pensar que eu vou voltar pra casa, já me bate um desespero. Preciso desligar. Daqui a pouco vão dar pela minha falta. Tchau.

Vi quando o Kaio escondeu o celular dentro do short e cortou caminho por dentro do jardim na direção do parque aquático. Que revelação! Então o garoto com a maior quantidade de fãs por metro quadrado é BV? O mesmo que adora jogar charme para todas do acampamento simplesmente nunca beijou porque a mãe não larga do pé dele? A pior parte de saber de uma fofoca desse nível é não poder contar para ninguém. Imagina a confusão que ia dar? Eu iria ficar quietinha, afinal não tinha nada com isso. Quem diria... Kaio Byte, o garanhão que nunca ficou com ninguém. Essa é boa! Não vejo como um problema o fato de nunca ter ficado com alguém. Em que lugar está escrito que todos os garotos são obrigados a ficar? Fica quem quer. O negócio é que a fama que ele mesmo tinha criado era totalmente falsa. Que babado!

Já estava quase saindo do meu esconderijo quando vi o coelhinho de novo. Não resisti e o peguei no colo. Era até uma boa desculpa, caso alguém me visse saindo do meio do mato. O pelo era tão macio! Parecia de pelúcia. Dei um tempo do lado de fora, perto do jardim, e as pessoas pareciam mais interessadas na própria vida. Deixei o coelhinho no jardim novamente e voltei para a piscina.

— Até que enfim você chegou! — A Akemi parecia aflita. — Algum problema na sua casa?

— Não, graças a Deus! Era só pra mudar o esquema da minha volta.

— Ufa, que bom! — Ela sorriu aliviada. — Pensei que você ia ter que ir embora mais cedo.

— Não. Eu quero curtir até o último minutinho. Vamos nadar?

Deixei a canga na espreguiçadeira e dei um bom mergulho com a Akemi. Do outro lado, perto do toboágua, a Mariana se divertia na companhia do Ronaldo. Fiquei muito feliz por ela, de verdade. É tão chato quando a gente sente vergonha do próprio corpo e deixa de fazer certas coisas... Ela finalmente estava aproveitando do jeito que queria.

Quando chegamos ao alojamento, os abadás estavam lindamente colocados em cima de cada cama! Eram sem mangas, roxos com detalhes em amarelo. As garotas ficaram elétricas, e resolvemos colocar já para o almoço. Vesti um short jeans, coloquei uma blusa cropped preta por baixo e um tênis bem confortável.

Assim que entramos no refeitório, o Adolfo tinha acabado de chegar. Antes que ele entrasse na fila do bufê, eu o chamei para contar a novidade.

— Você tá linda de abadá.

Se ele soubesse quanto me deixava tonta me olhando assim, no fundo dos olhos...

— Eu tenho uma novidade pra te contar.

Fiz um resumão do telefonema da minha mãe e da possibilidade de o encontro acontecer antes do feriado do Sete de Setembro.

— Então quer dizer que eu vou te beijar antes do que eu imaginava? — Ele foi simples e direto. — Você tem noção do quanto a minha ansiedade aumentou depois dessa notícia maravilhosa?

— Você falando desse jeito me deixa até sem graça!

— Desculpa. Eu quase fico louco falando com você assim, tão pertinho, sem poder te agarrar.

— Adolfo! — Olhei para os lados, apreensiva. — Para com isso. E se alguém escuta?

Ele riu. E eu totalmente desesperada. E o desespero, claro, era porque eu queria a mesma coisa. E esse tipo de desejo era uma coisa muito nova para mim.

— Eu sou muito direto, né? Eu falo logo o que vem à cabeça e esqueço que isso pode assustar as pessoas. Por favor, não me considere um abusado. Eu nunca faria qualquer coisa que te ofendesse ou algo do tipo.

— Eu sei. É que tudo isso é muito diferente. Aí eu fico constrangida.

— Diferente como, Fabi?

— Como eu vou explicar? É que, teoricamente, quando um encontro é marcado, existe uma expectativa de que as pessoas vão se gostar, se entender... Espera-se um beijo no final, que pode acontecer ou não. No nosso caso, já está muito claro tudo que vai acontecer. E isso assusta um pouco.

— Não vou mentir que me assusta também. Eu quero muito ficar com você. Isso que a gente tá passando aqui no acampamento é muito diferente. Eu tô gostando de verdade de te conhecer. Tá muito divertido, tranquilo. O que a gente tá sentindo é bom, não é? Então eu não vejo nada de errado em antecipar o que vai acontecer. Eu quero e eu sei que você também quer. Qual o problema de falar sobre isso?

— Esse papo me deixou envergonhada. — Ri de forma nervosa. — Eu vou almoçar com as minhas amigas pra me acalmar um pouco. Podemos nos encontrar perto do trio elétrico depois. Tudo bem?

— Tudo bem. — Ele sorriu e pegou minha mão, para soltar logo em seguida.

Eu mal conseguia segurar o prato enquanto pegava a comida. Minhas mãos tremiam! Peguei algo bem leve, pois quando fico ansiosa assim nem consigo comer direito. Eu nunca tinha armado um encontro. Contar os planos para o Adolfo me deixou insegura, apesar de ele ter vibrado com a novidade. Será que eu estava sendo muito oferecida? Ou estava sendo preconceituosa comigo mesma?

Tentei me distrair com as meninas e rir um pouco. Mas o assunto continuava martelando minha cabeça. Terminei de comer antes delas e me adiantei para escovar os dentes. A sorte foi que encontrei a Rebeca no caminho.

— Que bom que eu te encontrei. Preciso falar com você.

— Nossa, Fabi, você parece aflita. Aconteceu alguma coisa?

— Aconteceu sim. Vou te contar. Vem aqui, por favor.

Aproveitei que as garotas ainda iriam demorar para voltar ao alojamento e contei toda a história para a Rebeca. Que a gente tinha confessado estar a fim um do outro, do telefonema da minha mãe, do plano de me encontrar com ele e de me sentir esquisita por ter tomado a iniciativa da coisa.

— Você está preocupada que ele tire alguma conclusão errada sobre você só porque aproveitou uma oportunidade de se encontrarem antes do previsto? — Ela conseguiu fazer um resumo de toda a minha aflição numa única pergunta.

— Pois é. Sabe aquele sentimento de que eu tô sendo oferecida? Tô muito incomodada.

— Pelo que você me contou, ele não enxerga dessa forma. Você é que está com caraminholas na cabeça. Apesar de estarmos em pleno século vinte e um, ainda existe o velho pensamento de que as mulheres precisam esperar a atitude dos homens. Você não fez nada de mais. Relaxa, Fabi! Você vai querer estragar uma coisa tão bacana com um pensamento tão preconceituoso? Pensa comigo. A proposta é vocês se encontrarem, provavelmente em um lugar bacana, e no meio desse encontro rolar o tão aguardado primeiro beijo entre vocês. Pronto. Nenhum bicho de sete cabeças. Já não tinham combinado de se falarem pela internet até o próximo feriado? Assim vocês vão se resolver logo. Se for legal como vocês acreditam que vai ser, vão continuar se falando e planejar o próximo encontro. Se não for, valeu a experiência e pronto. Para de se cobrar desse jeito!

— Obrigada, Rebeca. Tô me sentindo mais calma desabafando com você.

— Daqui a pouco o trio elétrico vai chegar e vai ser uma festa tão bafônica que você vai esquecer esse drama rapidinho. Pule, dance, aproveite e curta o seu gato. Vocês formam um casal tão fofinho. Eu já te falei. Não encrenca, Fabi!

— Vou tentar não encrencar, pode deixar! — Respirei aliviada.

Depois que ela saiu do quarto, aproveitei que o banheiro era só meu e fui acabar de me arrumar. Fiz uma maquiagem com um pouco mais de brilho e o resultado ficou muito bom.

Quando as garotas chegaram, curtiram muito o meu look e tive que fazer a mesma make em todas elas.

— Vocês estão ouvindo? — A Laura apontou empolgada para a janela.

— O trio elétrico chegou! — gritamos, quase que num coro ensaiado.

Corremos até o pátio principal e um trio já estava a postos, tocando Ivete Sangalo. Todo mundo começou a se juntar, na maior animação. Por causa dos caminhos estreitos que tinha por todo o acampamento, não cabia um trio elétrico do tamanho de um do carnaval de Salvador, por exemplo. Mesmo assim, era grande o suficiente para ter uma banda cantando ao vivo em cima dele. O trio ia circular por toda a extensão do acampamento, e a festa ia terminar no salão.

— Preparada pra folia? — Senti aquele toque já conhecido na minha mão.

Ele estava lindo de abadá. O jeito que sorriu para mim espantou toda a agonia de momentos atrás.

— Preparada!

De repente a música mudou para o grito de guerra do Chiclete com Banana. O cantor do trio começou devagar, foi acelerando aos poucos e depois ninguém mais conseguiu ficar parado.

Ê ô ê ô aiaiaiaiaiai
Ê ô ê ô aiaiaiaiaiai
Ê ô ê ô aiaiaiaiaiai iaaaaaaaaaa
Cadê a galera do Acampamento Kairós?

29 DE JULHO
DIA 5
ADOLFO

Eu juro que nem sabia que conhecia tanta música de axé. Fiquei surpreso comigo mesmo. Para um garoto que pensava que curtia mais rock do que tudo, eu sabia muitas letras de cor. Rolou de tudo: Ivete Sangalo, Chiclete com Banana, Cláudia Leitte, Babado Novo, Daniela Mercury. Bateu até vontade de conhecer de perto o carnaval de Salvador.

A volta completa no acampamento durou cerca de três horas. A galera fazia umas coreografias engraçadas enquanto acompanhava o trio e eu tentava imitar. Errava na grande maioria das vezes, mas não estava nem aí. Eu estava feliz demais!

A notícia que a Fabi tinha dado me deixou muito ansioso! Seria bom demais poder vê-la sem a vigilância cerrada daqueles monitores. Como a gente iria voltar para casa depois do almoço, daria tempo para um cinema, lanchonete, um passeio no calçadão da praia. Não importava o lugar. O importante é que estaria com ela.

Por causa do arvorismo que pratiquei pela manhã, aquela volta no acampamento foi suficiente para me deixar com as pernas doendo. Por mais que eu praticasse esportes, tem uma hora que o corpo cansa, né? Eu tinha chegado ao meu limite. A grande maioria estava com um pique danado para continuar a dançar no salão. Eu precisava de uma pausa. E de comida! E qual foi a surpresa? Encontrar o refeitório já arrumado com pães, bolos e outros tipos de salgados e frutas. O pessoal deve saber por experiência própria que a galera chega cansada e faminta dessa volta do trio elétrico. A Fabi tomou um suco e foi para o salão com as amigas. Eu fiquei de ir logo em seguida. Precisava devorar metade daquele bufê.

— Que bom que te encontrei aqui sem os caras do nosso quarto. — O Cristiano sentou ao meu lado segurando um sanduíche de presunto. — Eu queria te agradecer.

— Agradecer?

— Por você não ter me dedurado. Sobre o lance com o Kaio... — ele falou baixinho e olhou em volta. — Eu tava de cabeça quente e agi por impulso.

— Ainda bem que nada de grave aconteceu. E se ele tivesse se machucado seriamente? Quebrado o nariz ou algo pior?

— Eu sei. Eu fui um idiota. — Ele deu uma mordida no sanduíche e respirou fundo. — A minha irmã ficou toda iludida com o papo dele. Eram dois tipos de raiva, na verdade.

— Tipos de raiva? E raiva tem tipo agora? — Tive que rir, apesar de a conversa ser meio tensa.

— Você não tem inveja do cara? Ele é famoso, viaja pra todo lugar, ganha a maior grana e tem um monte de menina correndo atrás dele. E tem a nossa idade! Eu fiquei com raiva por causa da inveja e também porque a minha irmã é boba e caiu no papo dele.

— Mas ele só conversou com elas. Se ele prometeu a mesma coisa pra todas, sei lá, de se encontrarem, ficarem ou algo do tipo, claro que ele errou. Na boa? Eu já fiz isso. E nem sou famoso nem nada. Eu conversava com várias garotas ao mesmo tempo. Vai me dizer que nunca fez isso?

— Já fiz... — Ele deu de ombros. — Mas, quando eu vejo a minha irmã sofrendo, percebo que já posso ter feito a mesma coisa, sabe? Aí bate um arrependimento.

— Entendi. Quando a gente começa a ser interessar pelas meninas é assim mesmo. Metemos os pés pelas mãos. Fazemos coisas idiotas. Mas o bom de reconhecer isso é que a gente pode parar de fazer.

— Você tem razão.

— Sobre a sua irmã, você não vai poder protegê-la de caras idiotas o tempo todo. Não que o Kaio seja um deles. Ele é só um carinha que gosta de jogar charme. Eu não tenho irmã, mas vários amigos da escola têm. Eu já vi várias cenas de ciúme desse tipo. E posso te mandar a real? Escreve aí. Ela vai conhecer muitos garotos ainda. Uns bacanas e outros nem tanto. Ela vai ter que aprender a se virar sozinha e a se defender. Você não vai poder bater em todos que aparecerem.

— Pois é. Eu vou ter que aprender a lidar com isso. Bom, já acabei o meu lanche. Vou pro salão. A galera tá animada. Adolfo... De novo, valeu mesmo, cara. Eu fiz uma burrada e você foi parceiro em não me dedurar. Prometo não fazer mais isso.

— Eu não vou poder te cobrar a promessa, não vou estar lá. Só pensa, Cristiano. Pensa antes de agir. Eu fiz muita porcaria nos últimos meses. Eu me arrependi. O maior prejudicado fui eu mesmo.

— Valeu. Eu vou nessa.

Eu ainda estava com fome e resolvi pegar mais um sanduíche.

— Que bom que te encontrei aqui. Detesto comer sozinho. — O Iuri também pegou um sanduíche e se sentou na mesma mesa.

— Foi divertido, né? Eu nunca tinha ido numa festa de axé antes.

— Você é divertido, primo.

Achei engraçada aquela declaração espontânea do Iuri. No início da temporada ele não tinha a mesma opinião.

— Eu fiquei com medo de você no primeiro dia. Lembra que você me deu uma bronca daquelas?! De primo marrento passei a primo divertido?

— Você, com medo de mim? Hahahaha! Essa foi boa!

— A galera aqui curte muito a sua companhia. Você fez muitos amigos.

— A sua companhia também é legal, Adolfo. Só de uns tempos pra cá que tava bem chato. Você sempre foi divertido, apesar de a gente conviver pouco, mais nas festas da família. Mas acho que vai melhorar, já que está todo apaixonadinho pela Fabi.

— Tô com aquela cara de bobo, é?

— Completamente! — ele alfinetou.

— Sabe o que tinha naquela carta que você me entregou no aniversário? Uma confissão do meu pai de que tinha vindo pra cá com catorze anos. E que foi aqui que ele conheceu a primeira namorada.

— O tio Bernardo?! — Ele engasgou e tomou um gole de suco. — Não acredito que ele já esteve aqui. Ele nunca contou nada! Tá falando sério?

— Tô falando muito sério. Resumindo, ele disse que aprontava um monte, que o nosso avô o mandou pra cá. Que ele achou coincidência eu aprontar na mesma idade.

— Então a coincidência não para por aí. — Ele estalou os dedos e fez uma expressão animada. — Isso quer dizer que eu ainda tenho tempo de vir no acampamento do ano que vem e arrumar uma namorada?

— Hahaha! Se isso for uma tradição da família... Eu não sabia que você queria namorar.

— As garotas não me dão muita bola, me acham criança. — Ele bufou. — Elas só querem saber dos mais velhos. Por falar nisso, é engraçado pensar no tio Bernardo com a mesma idade que a nossa.

— Por quê?

— Ah, sei lá. Não é estranho saber que um dia nós vamos ficar adultos, pensar numa profissão, trabalhar, casar... todas essas coisas?

— Pra falar a verdade, eu nunca parei para pensar nisso. Falta muito tempo ainda.

— Você se importa de me ensinar a jogar basquete? Quem sabe eu não pego mais corpo e as garotas passam a me olhar diferente?

Eu olhava para o Iuri como se fosse a primeira vez. Apesar de sermos primos, eu mal sabia que ele se sentia assim. Acho que estava na hora de mudar isso.

— Claro. Pode contar comigo. A gente marca de jogar.

— Bom, eu vou voltar pro salão. Você vem?

Dei um último gole no suco e fui atrás dele. A banda de axé agora tocava no palco, e todo mundo ainda estava completamente animado com as músicas. Precisei dar uma volta completa para encontrar a Fabi e as amigas dela.

— Ei, Adolfo! — ela gritou lá do meio. — Vem dançar!

— Eu não aguento mais, tô cansado. Vou ficar aqui olhando.

Ela fez um biquinho de contrariedade.

— Tá quase acabando! — Soltou beijinhos de longe.

O líder da banda agora incentivava o pessoal a cantar junto a música do Araketu.

> Você já faz parte
> Da minha vida
> E fica tão difícil
> Dividir você de mim
> E quando faz carinho
> Me abraça
> Aí eu fico de graça
> Te chamando pra me amar...

Aproveitei aquele momento para me despedir do salão de festas. Era a última noite ali, e foi batendo uma tremenda nostalgia. Olhei para a mesa do canto perto do palco e me enxerguei sentado ali. No primeiro dia eu mal consegui sair de lá, embora estivesse doido para dançar no meio da galera. E agora eu também mal conseguia sair do lugar, só que moído de cansaço, de tanto que dancei acompanhando o trio. Chegava a ser engraçada a diferença.

Olhei para a Fabi, que dançava e cantava, muito empolgada. Para ela era um sonho estar aqui. E para mim era um pesadelo. É muito engraçado perceber que a mesma situação pode ser vista de maneiras completamente diferentes. Ela enxergava este lugar como o paraíso e eu como o mais perfeito inferno. É a tal da ressignificação que ela me explicou.

Quando eu parei de marra e passei a aproveitar o acampamento, passei a enxergar a situação de maneira completamente diferente. O lugar era o mesmo, as pessoas também. O que mudou foi a forma como eu passei a enxergar. Percebi que não estava sendo punido, mas premiado. A Fabi foi premiada com um sorteio. E eu com um presente de aniversário do meu avô.

A galera cantava o refrão bem alto.

> Mal-acostumado
> Você me deixou
> Mal-acostumado
> Com o seu amor
> Então volta
> Traz de volta meu sorriso
> Sem você não posso ser feliz...

E, com aquela música, a festa se encerrou. Houve um "ohhhh" coletivo, mas era realmente a despedida das festas do Kairós da temporada de inverno.

— Mal-acostumada fiquei eu com o nosso chocolate quente de todo fim de festa. — Uma Fabi suada e descabelada protestava pela bebida que nos tinha feito companhia nas últimas noites. Nem desse jeito desgrenhado ela deixava de ser adorável.

Apesar de não aguentar mais nada e de querer simplesmente desmaiar na minha cama, eu não podia negar isso a ela. Aquele seria o nosso último chocolate quente. Pegamos as canecas e fizemos o tradicional ritual na varanda da administração.

— Quero fazer um brinde. — Levantei a caneca no ar, em uma pose solene.

— Um brinde? Hummm, e a que nós vamos brindar?

— Aos bons momentos que passamos aqui. E que seja apenas a última noite do chocolate quente no Kairós. Mas que possamos manter a tradição, mesmo longe.

— Eu com a minha caneca em Volta Redonda, e você com a sua aqui no Rio... — Ela deu uma leve batidinha nas canecas, deu um gole e começou a rir.

— O que tem de tão engraçado? Eu falei alguma coisa errada?

— Não, você não falou nada errado... É que as pessoas geralmente têm amuletos ou coisas em comum. Eu já tive uma pulseira em comum com a Thaís. Nós compramos pulseiras iguais e aquilo simbolizava a nossa amizade.

— Entendi o que você quis dizer. — Tomei um grande gole daquela que seria a nossa primeira bebida oficial. — Mas continuo sem entender o que você achou engraçado.

— Eu nunca tinha ouvido falar em canecas como amuletos ou coisa parecida.

— Será que em algum lugar alguém compartilha um ritual de chocolate quente em canecas iguais?

— Não faço ideia.

— Gostei de ser exclusivo.

— Mas não é qualquer caneca. É uma caneca do tempo... — Ela apontou para a ampulheta com asas desenhada na superfície.

— Caneca do tempo...

— Todas as vezes que a usarmos, vamos voltar no tempo e reviver esses dias.

— Então, Fabi... — Foi a minha vez de dar uma leve batidinha nelas. — Essa viagem no tempo vai ser feita muitas e muitas vezes.

30 DE JULHO
DIA 6
FABI

Foi triste acordar sabendo que era o último dia de acampamento. Do mesmo jeito que uma semana parece muita coisa, o tempo passou voando. Olhei para aquelas paredes sem saber se teria outra chance de voltar. O acampamento era caro demais e ia além do que a minha mãe podia pagar. Desde a morte do meu pai, ela tinha sido bastante guerreira. Eu sentia um orgulho enorme dela. Por isso uma parte de mim estava com remorso por ocultar o encontro com o Adolfo. Eu não gostava de mentir para minha mãe, mas realmente não ia fazer nada de errado. Dependendo de como seria esse tão esperado momento, eu ia ter que contar tudo para ela, claro. Como será que ela reagiria sabendo que eu ia passar a conversar com um garoto que morava longe e que já me sentia superapaixonadinha por ele? Será que ia apoiar?

Resolvi deixar essas questões para depois e coloquei o biquíni para aproveitar a última manhã no acampamento. Vesti short e camiseta por cima para tomar café, deixei a roupa do almoço separada e comecei a arrumar a mala. Quando a gente faz a mala para viajar, cabe tudo direitinho. Depois, se pergunta como vai colocar tudo de volta. Parece uma missão impossível! Como tinha mais roupa suja que qualquer outra coisa, resolvi colocar as peças limpas na mochila do Kairós.

— Que pena que nós não vamos estar juntas no mesmo ônibus pra Volta Redonda! — A Laura me abraçou. — Mas vamos continuar nos falando lá, certo? Não moramos tão longe uma da outra.

— Claro que vamos, né? Principalmente se aparecer algum show do Dinho Motta. Vamos juntas, usando camiseta e tudo. Deixa eu anotar o seu telefone.

Peguei um dos bloquinhos que ganhei na mochila e anotei os dados da Laura. Aproveitei para pegar os números das outras garotas.

— Sempre que vier pro Rio, não deixe de avisar, hein? — a Mariana praticamente me intimou. — Podemos marcar alguma coisa.

— E por falar em marcar... Um tal de Ronaldo marcou um cinema no shopping que coincidentemente fica perto da sua casa?

— Ele pegou o meu telefone. Ficamos de nos encontrar, sim!

— Uhuuuu! Vou torcer pra dar tudo certo, Mariana.

— Ele é bem legal. Acho que pode rolar alguma coisa.

— E eu vou querer saber! — Eu lhe dei um abraço demorado.

— Nossa, que clima de despedida mais meloso. — A Joyce fez beicinho. — Eu acho que vou chorar. Quero abraço coletivo!

E lá estávamos nós... eu, Laura, Joyce, Carol, Mariana e Akemi, no meio de um abraço todo torto, mas que significava muito para mim. Cada uma tinha um jeitinho especial. Comecei fazendo amizade com a Laura, mas me aproximei muito da Mariana. Nós seis éramos diferentes umas das outras, mas nos tratávamos com respeito e ficávamos felizes por estarmos juntas. Foi um aprendizado legal. Nem sempre vamos nos dar superbem com todo mundo, mas podemos conviver da melhor forma possível.

Eu voltava do refeitório quando, por um milagre, vi o Kaio sozinho, sentado em um banco mais afastado, no caminho que dava para os alojamentos. Ele vivia sempre cercado de gente e agora estava lá, isolado e triste.

— Tá tudo bem? — Eu me sentei ao lado dele.

— Oi, Fabi. — Ele não conseguia disfarçar a chateação. — Tá tudo bem. Só que eu queria ficar mais aqui. As férias foram muito curtas.

— Você não quer voltar pra casa... por causa da sua mãe, né?

Ele ficou assustado. Tentou disfarçar, mas os olhos azuis se arregalaram por completo.

— Por que você tá dizendo isso? — Ele deu uma risada forçada.

— Eu ouvi a sua conversa no celular. Eu tava no jardim e escutei sem querer. Juro que não contei o seu segredo pra ninguém.

Ele ficou consternado. Se tivesse um buraco, tinha se enfiado dentro.

— Você ouviu tudo?!

— Não sei se ouvi tudo. Mas o suficiente pra entender que, apesar de ter um charme incrível com as meninas, você nunca namorou. E que, mesmo gostando do que faz, está cansado da rotina e da pressão da sua mãe.

— Nem sei o que te dizer... — Ele parecia muito envergonhado. — Eu sou uma farsa, né? Desculpa te decepcionar.

— Eu não tenho motivos pra ficar decepcionada. Eu sei que a gente se conhece pouco, mas eu não ganho nada falando sobre isso com ninguém. O seu segredo tá guardado, pode confiar em mim. Eu só acho que você deve conversar com a sua mãe e dizer que ela tá pegando pesado demais. Que você tá se sentindo sufocado.

— Ah, Fabi! — Ele passou as mãos de forma nervosa pelo cabelo. — Eu não tenho um minuto de sossego. Eu entendo que ela quer o melhor pra mim. Sem a ajuda dela, eu não teria feito metade das coisas desde que o meu canal bombou. Mas eu só faço estudar e trabalhar. Nem os meus amigos mais antigos eu consigo ver direito. Tem momentos que eu não sei se vou conseguir dar conta.

— Conversa com ela. Você é um adolescente de catorze anos e, mesmo tendo essa rotina diferente de todo mundo, tem o direito de curtir um pouco, descansar, ver os amigos e namorar. Pretendente é o que não falta.

Ele olhou para mim e deu um longo suspiro. Parecia aliviado.

— Se você soubesse como me deixa feliz falando isso. É muito difícil alguém entender as coisas que eu passo. Só veem a parte do suposto glamour e dos fãs. Os bastidores nem sempre são tão legais assim. Obrigado por não ter me denunciado pra galera. Você foi muito legal. Tô sabendo do seu lance com o Adolfo. Vou torcer por vocês. Posso te adicionar? Vai ser legal continuar falando com você fora daqui.

— Claro que pode, vou adorar. E vou torcer por você também.

— Obrigado, Fabi. De verdade.

Eu já estava atrasada para encontrar o Adolfo. A gente tinha combinado de dar uma volta de bicicleta pelo acampamento e de se despedir do lago. No meio do caminho acabei encontrando a Rebeca e outro monitor.

— Oi, Fabi! — Ela me abraçou. — Lembra que eu te prometi uma coisa?

— Prometeu?

— Já esqueceu, né? Anda com os pensamentos tão ocupados assim com um certo jogador de basquete?

— Ah, peraí! Lembrei! Você disse que ia me contar as tais histórias de amor de que as árvores do acampamento eram testemunhas.

— Promessa é dívida. Como hoje é o último dia, eu posso contar. Conheci o Carlos quando eu tinha quinze anos, aqui no Kairós. Só que foi no acampamento de verão. E nós estamos juntos até hoje.

— Nossa, eu nem desconfiava! — Coloquei as mãos no rosto, surpresa. — Você é o monitor do Adolfo, né?

— Hahahaha! Sou. E confesso que foi muito divertido acompanhar a história de vocês dois. Tanto por ele quanto pela Rebeca.

— Vocês são muito discretos. Eu não imaginava que eram um casal.

— Nós somos muito discretos, você tem razão. — Eles se olharam de um jeito muito fofo. — O Carlos já é monitor, e, como você sabe, eu quero ser monitora um dia. Pra não prejudicar o nosso trabalho, a gente prefere não contar pra todo mundo. Claro que a administração sabe, mas nos sentimos melhor assim.

— Você me deu tanta força, Rebeca! — Eu a abracei. — Nem sei como te agradecer.

— Não tem o que agradecer. Só guarde com carinho tudo o que viveu aqui. E o que ainda vai viver. E vá logo. Não deixe o gato te esperando.

— Tchau, Rebeca! Tchau, Carlos!

Corri para minha penúltima atividade no acampamento. O Adolfo me aguardava e já tinha pedido para um dos monitores reservar uma bicicleta para mim.

— Nossa, você demorou! — Ele me deu um beijo no rosto. — Pensei que já tinha se esquecido de mim.

— Não faça essa cara de coitado abandonado que não vai adiantar. Sério mesmo que você achou que eu ia te esquecer?

Ele sorriu, fazendo charme. Começamos a pedalar e, como a estradinha para o lago estava quase vazia, conseguimos emparelhar as bicicletas.

— Eu me atrasei porque fui me despedir da estagiária do meu alojamento.

— A Rebeca?

— Você conhece?

— Ela é namorada do Carlos, o meu monitor.

— Ah, então você já sabia? Pensei que era segredo.

— Ele me contou hoje.

— Parece que hoje é o dia das grandes revelações...

— Será? Estou muito curioso pra saber o que o fim do dia vai revelar pra gente.

— Você e as suas provocações... — Eu ri. — Já que eu me atrasei, vamos pedalar mais rápido pra ganhar tempo?

Aceleramos e chegamos ao lago em poucos minutos. Algumas pessoas ainda usavam os pedalinhos. A grande maioria tinha preferido o parque aquático naquela manhã.

Descemos das bicicletas e as estacionamos perto do banco em que sentamos da última vez. Eu precisava recuperar o fôlego. Peguei a garrafinha de água e dei um grande gole.

— Eu vou sentir muitas saudades daqui. — Olhei por toda a extensão do lago para depois encarar o Adolfo. — Saudade do acampamento e de tudo o que eu vivi aqui.

— Eu fico com uma raiva quando lembro que só te vi no terceiro dia! Quanto tempo eu perdi — ele lamentou.

— A gente perdeu tempo Chronos. Mas o tempo Kairós foi bastante generoso. Foi tudo muito divertido.

— Ah, você sabe da história do nome do acampamento!

— Sei. Eu já tinha lido antes de vir pra cá. Entendi a explicação na época, mas só quando a gente vive a experiência é que entende de verdade. E a Rebeca me ajudou a entender também.

— A parte que me consola é que nós vamos nos ver mais tarde. — Ele me olhava ansioso. — Você acha mesmo que vamos conseguir nos ver?

— Tenho quase certeza que sim. Quando a Thaís chegar, eu vou fazer as devidas apresentações.

— Será que a sua melhor amiga vai me aprovar?

— Tá com medo da Thaís? — Eu tive que rir.

— Sei lá. Se ela não for com a minha cara, vai te convencer a procurar coisa melhor.

— A Thaís sabe que o melhor pra mim é o que me deixa feliz.

Ele sorriu e eu notei certo constrangimento pelo que falei. Isso era bem raro, já que ele costumava ser bem direto. Mas, quando acontecia, era uma das coisinhas mais fofas do mundo.

— Vamos dar um último mergulho na piscina, mostardinha? — ele provocou.

— Não acredito que você vai continuar me chamando assim.

— Você tinha alguma dúvida? Poxa, Fabi. Infelizmente hoje tá corrido. O almoço de despedida vai ser servido mais cedo e vai ser aquela confusão.

— Vamos voltar, então. — Dei um longo suspiro e tentei guardar na mente a imagem daquele lago.

Devolvemos as bicicletas e fomos direto para a piscina. Quase todos os nossos amigos fizeram o mesmo, então foi muito divertido e uma forma deliciosa de nos despedirmos do Kairós.

Como já prevíamos, o almoço teve clima de adeus, apesar das inúmeras promessas de nos falarmos pela internet. Como iríamos nos encontrar depois, comemos separados para nos despedir melhor dos amigos de alojamento. E foi com um aperto enorme no coração que novamente andei pelo caminho de pedrinhas puxando minha mala. Era hora de partir.

Quando reconheci o carro do tio Gustavo entrando no estacionamento do acampamento, meu coração disparou. A Thaís estava com ele, claro, e saiu correndo ao meu encontro.

— Fabi, que saudade! — A gente se abraçava e pulava ao mesmo tempo. — Como você tá bronzeada, hein?

— Aproveitei pra pegar uma corzinha, né? Oi, tio Gustavo! — Eu o abracei. — Obrigada por virem me buscar. Quando a minha mãe ligou falando da mudança da volta, eu nem acreditei.

— Sou eu quem agradece por você querer ir lá pra casa hoje. A Thaís não falava em outra coisa! E vai ser uma companhia na estrada amanhã. Com quem eu falo para autorizarem a sua saída? Sua mãe falou que eu tenho que assinar alguma coisa.

— Primeiro tem que falar com a monitora Jéssica. Ela deve apresentar você para alguém da gerência. Ela está logo ali.

Enquanto deixamos o tio Gustavo na recepção para assinar o termo de responsabilidade, fui para a varanda com a Thaís. Outros pais e responsáveis precisavam fazer o mesmo, e eu ia aproveitar esse tempinho sozinha com ela para falar do Adolfo. Mas, antes mesmo que eu pudesse abrir a boca, ela falou na lata.

— Eu fiquei sabendo do Kaio Byte. Que loucura, Fabi! Mas isso você vai me contar depois. Eu quero saber tudo sobre o Homem-Aranha! Agora!

Cheguei a ter um ataque de tosse com o susto.

— Oi?! Peraí. Como você sabe disso tudo?

— A sua mãe me passou a senha do site. Eu acompanhei todas as suas aventuras. Quando vi uma foto da festa à fantasia, entendi tudo só de prestar atenção na sua pose. Saquei logo que tava rolando algo a mais ali. Telefonei na mesma hora pra sua mãe e pedi para você ficar lá em casa, pra poder me contar todas as fofocas!

— Thaís, você tá me assustando. Como assim percebeu pela minha pose? Dá pra explicar melhor?

— Sempre que tira foto perto de um garoto em que está interessada, você faz a mesmíssima pose. Não interessa se está em pé ou sentada.

— Eu faço isso?!

— Hahaha! Faz! Você coloca a perna direita meio cruzada em cima da perna esquerda, e a sua cabeça fica meio inclinada pro lado do seu alvo romântico.

— Você está de brincadeira comigo. Eu não faço isso, Thaís!

Ela pegou o celular, que estava numa bolsinha a tiracolo, e me mostrou a foto. Eu estava chocada com a revelação sobre mim mesma.

— Eu salvei a foto no meu celular pra te mostrar que não estava errada.

— Quer dizer que, além de ser a Consultora Teen e dar conselhos anônimos pela internet — baixei o tom de voz para evitar que alguma possível leitora do blog dela ouvisse —, você virou especialista em linguagem corporal?

— Eu te conheço há mais da metade da minha vida. Não ia conhecer os seus trejeitos e manias? — Ela revirou os olhos. — Mas até que não é má ideia estudar o assunto. E para de me enrolar. Quem é ele? Tô curiosa demais!

— Eu vou te explicar tudo.

Olhei para a recepção e ainda tinha mais duas pessoas na frente do tio Gustavo. Ele conversava animadamente com o pai de alguém, então aproveitei para fazer um resumão de tudo o que tinha acontecido. A Thaís dava pulinhos de alegria.

— Meu Deus, que história maluca! E maravilhosa! Não acredito que o Adolfo Homem-Aranha mora no mesmo bairro que eu!

— Para de chamar o garoto assim! — Eu ri. — Você acha que a gente consegue se encontrar?

— Bom, primeiro vamos ter que passar lá em casa e fazer um lanche. A minha mãe fez uma surpresinha pra você por causa do seu aniversário. Mas acho que não vai ter problema algum dar um pulo no shopping. A gente inventa que você precisa comprar alguma coisa. Ou vamos ver um filme que acabou de estrear e ainda não tem em Volta Redonda. Vai dar certo! A minha amiga tá apaixonadinha! Tô doida pra conhecer esse tal de Adolfo. Cadê ele?

O tio Gustavo saiu da recepção e paramos de falar na mesma hora.

— Tudo certo, Fabi. Documento assinado. Estamos liberados. Vamos embora?

Continuamos caladas, uma olhando para a cara da outra.

— Quando vocês duas ficam desse jeito é porque estão aprontando alguma.

— Nós nunca aprontamos, pai. — A Thaís fez a maior cara de santa do mundo.

— Ah, nunca! — ele fingiu concordar, mas a cara era de total deboche. — Vamos? A Celina está esperando e já mandou mensagem duas vezes.

— Pai, você pode ir guardando a mala da Fabi no carro? É que tem uma pessoa ali que eu acho que conheço e queria cumprimentar.

— Tudo bem. — Ele puxou a alça da minha mala. — Vou fingir que acreditei nessa desculpinha. Vou pro carro pra não atrapalhar o planinho de vocês. Mas não demorem.

Depois que o tio Gustavo se afastou um pouco, não conseguimos segurar o riso.

— Meu pai é o melhor, fala sério!

— É sim, Thaís. Olha! O Adolfo está logo ali. Acho que é o pai dele.

— Sogrão na área. Eita! É muita emoção pra um dia só.

— Vamos lá? — Segurei a mão dela. — Eu vou te apresentar para o Homem-Aranha.

Enquanto a gente caminhava pelo pequeno trecho de mãos dadas, senti uma alegria enorme em ter a Thaís do meu lado naquele momento. É uma das melhores coisas do mundo ter uma amiga que de longe pressente o que estamos passando, até mesmo nos mais simples gestos. Ou nas poses que você nem sabia que fazia...

30 DE JULHO
DIA 6
ADOLFO

O pátio estava lotado. Vários ônibus estacionados, além dos carros de passeio. Eu estava possesso no primeiro dia. Agora, vivendo praticamente a mesma cena quase uma semana depois, sentia realmente muita pena de ter que deixar o Kairós.

Eu me despedi de todos os garotos que tinha conhecido e peguei os contatos para nos falarmos depois. Foi bom saber que eu posso fazer novos amigos de novo. Por causa do primeiro semestre tumultuado, acabei me afastando de um monte de gente. Só me dei conta de que me sentia sozinho quando doeu me despedir do acampamento. Eu não tinha aprofundado as amizades tanto quanto gostaria, mas queria muito continuar falando com eles pela internet.

Por falar em despedidas, o Kaio precisou ir embora antes de todo mundo. Ele se despediu antes do almoço. Contou que a gerência do Kairós achou melhor que ele saísse quando todo mundo estivesse no refeitório. Ele ia ter que ir embora de fininho, para evitar tumulto entre as fãs. O Cristiano, apesar de ter dito que estava arrependido da agressão, não conseguiu evitar a cara de deboche quando o Kaio contou isso. Essa implicância, pelo visto, não ia ter fim!

Eu estava aguardando o meu pai com o Iuri quando vi o Carlos no pátio. Deixei meu primo tomando conta da bagagem e corri para falar com ele.

— Espero que você tenha aproveitado bastante! — O Carlos me deu um abraço apertado.

— As nossas conversas foram muito importantes pra mim... Você foi um amigão que eu nunca poderia imaginar ter um dia. Será que a gente se encontra numa próxima temporada?

— Próxima temporada?! — ele falou, rindo, só para implicar comigo. — Quer dizer que aquele Adolfo rebelde do início da temporada quer voltar? O carinha que nem queria dançar e só ficava na piscina? Vou passar a trabalhar nas temporadas de verão. Vai ser um prazer enorme ser seu monitor novamente.

Outros garotos se aproximaram para se despedir dele. Eu não podia reter o Carlos só para mim. Ele foi o irmão mais velho para muita gente durante o acampamento.

— Adolfo, o tio Bernardo chegou! Vem! — o Iuri gritou, apontando para uma vaga no estacionamento que ficava do outro lado da recepção.

Fomos correndo ao encontro dele. Na medida do possível, claro. Arrastar as malas pesadas, mesmo com rodinhas, e desviar daquele tanto de gente exigiu paciência. O Iuri o abraçou e a primeira coisa que perguntou foi do iPhone. Beijou o aparelho como se fosse um tesouro, se enfiou no banco de trás e colocou os fones de ouvido.

— Pelo visto ele aproveitou o que tinha que aproveitar do acampamento e já se conectou com a tecnologia de novo... — Meu pai ria e apontava para dentro do carro enquanto colocava a bagagem no porta-malas.

— Cadê a mamãe? — Estranhei que ela não tivesse vindo.

— Ela ficou em casa preparando uns lanches gostosos pra vocês. Como se já não tivessem se entupido de coisas aqui. Você sabe como a sua mãe é exagerada! Ela quer comemorar o seu aniversário. — Ele fez uma pausa e ficou me encarando por alguns segundos. — Ainda tá com raiva de mim? — Fez uma careta e semicerrou os olhos, como se estivesse com medo da resposta.

— Já passou... — Fui obrigado a rir do jeito dele.

— Não vai me dar um abraço?

Estava com saudade dele. Eu sorri e o abracei com força.

— Eita! — Ele me afastou, boquiaberto. — Você mata seu velho pai com um apertão desses. Você é muito forte.

— Que velho que nada. Para de bobagem, pai. — Dessa vez fui eu quem fez uma pausa e o ficou encarando por alguns segundos. — Eu li a sua carta. Eu queria te apresentar para a minha "Cecília" — fiz as aspas no ar. — O nome dela é Fabiana. Mas ela gosta de ser chamada de Fabi.

— Tá brincando — ele acabou falando alto e chamou a atenção de algumas pessoas perto. — Existe mesmo um padrão de coisas? — baixou o tom de voz e chegou mais perto.

— Coincidências existem?

— Quer coincidência maior do que a gente fazer aniversário no mesmo dia?

— Caramba! Você não gostou dela de propósito não, né? Por causa da carta?

— Ai, pai. De onde você tirou uma ideia dessas? — Caí na gargalhada. — Não existe essa de gostar de propósito de alguém. Quando o Iuri me entregou a carta, eu já tinha conhecido a Fabi.

— Cadê ela? Tô curioso!

— Ela está logo ali. Foi até bom que a mamãe não viesse. Pai, como você já passou por isso, vai me entender... — Eu estava nervoso e torcia as mãos. — Ela mora em Volta Redonda e vai embora amanhã. Mas ela vai ficar hoje com uma amiga na Tijuca, pertinho da nossa casa.

— Poxa, filho! Relacionamento a distância? — Ele deu uma murchada na empolgação. — Por que uma garota que mora longe?

— O cupido não entende de geografia, só sabe atirar flechas. — Ele riu do meu comentário e não sabia nem metade das piadas que a palavra *cupido* tinha provocado naqueles dias. — Vai, por favor. Eu preciso me encontrar com ela longe dos olhos vigilantes desses monitores. E eu só tenho hoje pra saber se essa tal distância vai se encurtar com a internet. Por favor! Você trouxe o meu celular?

— Tá no porta-luvas. — Ele levou a mão ao rosto e respirou fundo. Aquela demora na resposta estava quase me matando. — Pega lá o seu celular. Vamos conhecer a Cecília. Errr... quer dizer... a Fabi.

Corri para o carro, totalmente empolgado! Peguei o meu celular e falei para o Iuri que a gente não demoraria. Ele fez um sinal de joinha com a mão. Como já tinha se despedido de todos os amigos, ele estava mais interessado em matar as saudades do seu *bichinho de estimação*.

Enquanto caminhava em direção à Fabi, eu sentia um frio no estômago. De repente a aprovação do meu pai ganhou uma enorme dimensão para mim.

— Oi, Fabi. — Eu a puxei pela mão. — Este é o Bernardo, meu pai.

Ela deu aquele sorriso enorme de quando a vi pela primeira vez na recepção do acampamento. Pela expressão do meu pai, ele entendeu completamente a minha ansiedade em querer encontrá-la mais tarde.

— Prazer em te conhecer, Fabi. O Adolfo já me adiantou que vocês querem se ver mais tarde. — Ele foi direto, nem dando tempo para a gente respirar. Pelo visto, esse negócio de falar direto ao ponto eu tinha puxado dele.

Ela me encarou ansiosa e eu apertei sua mão, como num sinal de que estava tudo bem. Nós dois ficamos mudos, olhando para ele.

— A mãe do Adolfo está arrumando um lanche de boas-vindas pra ele — meu pai continuou. — Você não quer vir?

— Obrigada pelo convite, tio Bernardo, mas a mãe da Thaís está fazendo a mesma coisa pra mim. — Ela puxou a amiga para mais perto, e eu tive que segurar o riso ao ver aquela levantada básica de sobrancelha quando meu pai ouviu a palavra *tio*.

— Oi, eu sou a Thaís. — A amiga dela, pelo que pude perceber, também segurava o riso com aquela situação toda. — Como o celular da Fabi ficou na casa dela, posso pegar o seu número pra combinar tudo? Eu te passo o local e a hora.

Parece brincadeira, mas quase uma semana sem o telefone me fez esquecer até como se acrescentava um contato na agenda. Eu me atrapalhei todo! Dei um abraço de despedida tão apertado na Fabi que fiquei com medo de que ela percebesse como o meu coração estava acelerado!

— Até mais tarde... — Ela sorriu e não conseguiu disfarçar a ansiedade no olhar.

— Até mais tarde...

Quando chegamos em casa, minha mãe tinha preparado um banquete. O meu pai não errou quando disse que ela era exagerada. Ela tinha feito uma festinha de aniversário para mim e convidou alguns parentes. Como toda mãe, me cobriu de beijos, disse que estava morrendo de saudade e, claro, ficou meio brava quando contei que iria sair mais tarde. Disse que era um absurdo eu não querer ficar grudadinho nela e fez aquela chantagem emocional básica. Ainda bem que o meu pai sabia de toda a história e a convenceu de que eu precisava encontrar uns amigos que queriam me dar os parabéns. A gente não quis contar logo sobre a Fabi. Se ela já estava com ciúme dos supostos amigos, imagina se soubesse que era para encontrar uma garota.

Fiquei com o celular no bolso da bermuda, só esperando a mensagem da Thaís. Toda hora conferia se estava funcionando ou se a bateria tinha acabado. Já tinha comido todo tipo de salgadinho e duas fatias de bolo. Já tinha escutado as mesmas piadas decoradas do meu tio, feito um relato completo do acampamento, e o celular parecia morto. Quando estava quase perdendo as esperanças, a mensagem finalmente chegou.

> Oi, Adolfo!
> Você pode nos encontrar na lanchonete nova do segundo andar do Shopping Tijuca às 19h?
> Bjs, Thaís

> Oi, Thaís!
> Combinado!
> Contando os minutos!
> Bjs, Adolfo

Corri para tomar um banho e colocar uma roupa diferente das que eu tinha usado no acampamento. Era engraçada essa sensação de querer ficar bonito para alguém que já te viu todo desgrenhado vários dias seguidos.

A nova lanchonete do shopping não poderia ser mais perfeita. Era uma espécie de hamburgueria, mas com um ambiente mais aconchegante. A separação entre as mesas, um pouco mais alta, dava certa privacidade. Quando cheguei, avistei a Fabi, a Thaís e mais outro garoto. Apontei a mesa para a recepcionista, que controlava a entrada.

— Oi, Adolfo! — A Thaís era tão sorridente quanto a Fabi. Consegui entender perfeitamente por que elas são melhores amigas. — Esse aqui é o meu namorado, o Pablo.

— Oi, prazer! — Apertei a mão dele, apesar de achar aquele cumprimento formal demais. Foi nesse momento que eu realmente percebi quanto eu estava nervoso!

Ainda estava em pé e me senti um pateta, sem saber o que fazer direito. Eu já tinha ficado com outras garotas antes, mas de repente parecia que tinha desaprendido tudo. Sentei ao lado da Fabi e beijei seu rosto.

— Adolfo, eu queria muito conhecer você melhor, saber de todas as aventuras que rolaram no acampamento, mas vamos ser mal-educados... — Pablo riu, pegou a mão da Thaís e eles se levantaram. — Nós pedimos uma mesa só pra gente no fundo do salão. Ela acabou de ser liberada.

— Fabi, o meu irmão vem nos buscar às nove. — Ela pegou o celular e fez uma careta de desagrado. — Desculpa o pouco tempo, mas regras são regras, né?

— A tia Celina liberou o carro pro Sidney? — A Fabi caiu na gargalhada.

— Pra dirigir, o interesseiro do meu irmão se oferece até pra buscar a irmã mais nova no shopping. Divirtam-se.

Eu tinha ficado sozinho com a Fabi várias vezes durante a temporada do acampamento. De certa forma, ao mesmo tempo em que a vigilância cerrada dos monitores parecia atrapalhar, ela também parecia dar segurança. Agora não tinha ninguém nos vigiando. Nada me impedia de dar o tão esperado beijo nela. E por que de repente eu parecia brincar de estátua?

— Acho que não sou a única a estar com vergonha por aqui... — Ela deu uma risadinha e notei que torcia a barra do vestido com as mãos.

— Enfim sós. Não é a fala que sempre dizem nos filmes clichês? — Tentei espantar o medo, cheguei mais perto e comecei a brincar com uma mecha do seu cabelo. Aquele que tinha cheiro de xampu de maracujá e que me deixava zonzo.

— Eu gosto de filmes clichês. — Ela me olhou de forma divertida. — Gostar de um garoto que faz aniversário no mesmo dia que você e quase ser atropelada por ele não é um belo enredo de um filme clichê?

— Geralmente é o capitão do time de beisebol que esbarra na menina nerd e derruba todos os livros dela no chão.

— Ou a mais esquisita da escola aparece lindíssima no baile de formatura e dança com o ex-namorado da líder de torcida.

— Ah, mas meu o filme ganha disparado! A mocinha da minha história estava vestida de pote de mostarda. Muito melhor do que ketchup, vamos combinar. É mais apimentado.

Começamos a rir do tanto de besteiras que estávamos falando. Mas, do mesmo jeito que o ataque de bobeira veio, ele foi embora e deixou a Fabi com um ar preocupado.

— Eu fui para o Kairós querendo me divertir e passar o meu aniversário de um jeito diferente. O que eu não esperava é que o meu presente seria te conhecer. Amanhã eu volto pra casa e não sei o que vou fazer.

— Mas eu sei.

Não consegui me controlar mais. A mão que brincava com a mecha do cabelo dela desceu suavemente para o seu queixo. Nossos rostos se aproximaram devagar, e senti nossa respiração se misturar. Nossos lábios se tocaram, e meu peito parecia que ia explodir. Aos poucos, o medo que parecia assombrar nós dois foi indo embora e senti seus braços em volta do meu pescoço, me puxando para ainda mais perto. Um beijo. Dois. Três. Incontáveis. Toda aquela vontade reprimida de beijá-la que eu segurei por dias seguidos só contribuiu para que aquele momento fosse ainda melhor do que eu havia pensado.

— O beijo mais aguardado dos últimos tempos... — sussurrei quando finalmente nos afastamos um pouco.

Ela sorriu e não tive como resistir àquele sorriso, então a beijei novamente.

— Vocês vão pedir alguma coisa?

Abrimos os olhos devagar e nos afastamos alguns centímetros apenas. Encontramos a garçonete um tanto sem graça por ter nos interrompido. Ela batucava uma caneta no bloquinho, e pelo visto não sairia dali sem anotar alguma coisa.

A Fabi tomou a iniciativa de se afastar mais um pouco e não conteve o riso.

— A mãe da Thaís me obrigou a comer um monte de coisas... Não estou com muita fome.

— Nem eu... — Ri também.

— Será que tem chocolate quente? — ela brincou.

A garçonete olhou incrédula para a Fabi. Claro, ela não conhecia a nossa piadinha interna.

— Aqui é uma hamburgueria. Tem refrigerante e sobremesas geladas. Se vocês preferem bebidas quentes, eu sugiro a cafeteria do subsolo.

— Um milk shake de chocolate, então. — Eu queria me ver livre dela de uma vez.

— Dois milk shakes de chocolate? — Ela finalmente começou a anotar no bloquinho.

— Dois pequenos, por favor. — Olhei para a Fabi, que concordou com o pedido.

— Tudo bem, já trago. Com licença.

Assim que a garçonete deu as costas, começamos a rir.

— Para ela nos interromper, a gente devia estar dando um show. — A Fabi cobriu o rosto com as mãos. — Que vergonha!

— Pelo jeito, se a gente não pedisse qualquer coisa, ela ia nos expulsar. — Olhei em volta, mas todas as pessoas pareciam concentradas em suas próprias conversas.

— Pensando bem, ela só estava fazendo o trabalho dela. — Senti uma leve preocupação nos olhos da Fabi.

— Por que o ar preocupado? Você acha que não vamos conseguir levar esse lance de namoro a distância? — perguntei.

Ela piscou várias vezes e sorriu.

— Você está me pedindo em namoro?

— Eu acho que acabei de pedir, né? Uau! É a primeira vez que eu faço isso. — Fiquei meio sem graça.

— Tirando o fato de a gente ter pagado um mico daqueles em plena lanchonete, você até que falou bem bonitinho.
— Ela me deu um beijo. — Não vou mentir que eu quero muito namorar você, mas não sei como vamos fazer isso.

— Não vai ser fácil. Mas acho que podemos tentar, pelo menos.

— Como é que dois menores de idade, que vivem de mesada e moram a quase três horas de distância, vão conseguir fazer isso dar certo? — Ela estava realmente preocupada.

— Não sei. Se a gente não tentar, nunca vai saber — insisti. — Meu pai já está por dentro de tudo. Acho que ele vai me apoiar. Depois preciso contar pra minha mãe.

— A minha nem sonha! — Ela riu, nervosa. — Bom, eu já tinha combinado de voltar pro Rio no feriadão e ficar na casa da Thaís. A gente vai se falando pela internet, pra ver se consegue lidar com esse negócio da distância física. E, conforme for, definimos se é namoro ou não quando eu voltar. Pode ser assim?

— Se você prefere desse jeito, tudo bem. — Eu a abracei.

— Eu quero tentar, Adolfo... — Ela acariciou o meu cabelo, e aquele toque me tirou o ar. — Você está certo. Se a gente não tentar, nunca vai saber. Mas vamos com calma.

— Ser calmo é um dos meus maiores desafios. Esqueceu que eu sou uma mistura de leão com lobo? — brinquei.

— Olha só onde eu fui me meter! — Ela riu. — Uma mistura adorável.

A garçonete já parecia mais simpática. Colocou o nosso pedido na mesa e nos entregou dois canudos. Conversamos mais um pouco, tomamos as nossas bebidas, mas logo chegou o momento de nos separarmos. Despedidas são muito dolorosas. Doeu bastante dar o meu último beijo na Fabi. Mas aquele beijo tinha gosto de promessa. Promessa de feriado, amor e milk shake de chocolate...

Impressão e acabamento: Gráfica Stamppa